集英社オレンジ文庫

映画ノベライズ

かくかくしかじか

せひらあやみ
原作／東村アキコ
脚本／東村アキコ　伊達さん

本書は、映画「かくかくしかじか」の脚本（東村アキコ・伊達さん）に基づき、書き下ろされています。

映画ノベライズ

かくかくしかじか

◆

CONTENTS

映画ノベライズ

かくかくしかじか

プロローグ

夕暮れが、かすかに空を茜色《あかね》に染めていく。

都心のネオンが少しずつ輝き始め、首都高速を無数の車が走る。

繁栄と栄光を象徴する、まさに大都市――。

高層階にあるホテルの窓には、そんな東京の景色がどこまでも広がっている。

東京タワーからほど近いこのホテルの一室で、私は猛烈な勢いでペンを走らせていた。

いつものように、椅子《いす》に片膝《ひざ》を立てて。

着慣れたジャージに身を包んで、髪は作業の邪魔にならないようにトップでくるんとまとめている。

私は自分が描くコマに集中していた。

静寂の中で、タブレットに、流れるように漫画を完成させていく。

――子供の頃から、漫画家になりたかった。私は、その夢を叶えた。今は、本名の林明《はやしアキ》子《コ》ではなく、東村《ひがしむら》アキコというペンネームで絵を描いている。

東村アキコの作品を待ってくれている人がいる。

だから、こんな風にホテルに缶詰めになって原稿を急《せ》かされることも、もちろんあった。

私が描く漫画に、今ではたくさんの人が笑って、泣いて、励まされて、元気づけられて
――……と、編集者に言われるけれど、そういう実感をいつでも持てるわけでもなくて、バタバタすることばかりだ。

と、その時だった。

ホテルのドアが、ふいに開いた。

「失礼します。……先生！　何してんですか⁉」

現れたのは、長年一緒に仕事をしてきたアシスタントの佐藤《さとう》さんだ。

佐藤さんは頼れるしっかり者で、彼女が高校生の頃からの付き合いだった。

色白で髪は長く、ぱっちりとした瞳を瞬《また》かせた彼女は、今夜は個性的で華やかな装いにドレスアップしている。

その彼女が、しっかり化粧を施したきれいな顔に驚愕《きょうがく》の色を浮かべて、私に叫んだ。

「もう五時ですよ!!」

激しく突っ込まれ、私はぎょっとして声を上げた。

「えっ⁉　はっ……！」

時計を見れば……、本当だ。

もう部屋を出て授賞式の会場に向かわないと、まずい。

「……やばい!!」

「やばい！　やばいよ！　はい、着替える！　着替える！」

彼女に促《うなが》されて、私はきょろきょろとホテルの部屋を見回した。

「え、あれは？　襦袢《じゅばん》、襦袢、襦袢！」

「襦袢、襦袢、襦袢、襦袢！」

大慌《あわ》てで、今夜着る予定の着物や襦袢や帯を探す。

「どこどこどこ!?　どこどこ!?」

大きく叫んで、私は部屋中を駆け回った。

＊＊＊

――毎日描き続けていたら、いつの間にか私は、いわゆる『立派な人』になっていた。

黒地に金糸や銀糸で花模様が縫い取られた艶《あで》やかな着物の裾《すそ》をたくし上げ、私はホテルの廊下を走り抜ける。

会場では、演壇《えんだん》に司会者が現れているであろう時間だった。

『……それでは、大賞を受賞された東村アキコ先生にご登壇いただきましょう。先生、お願いします』

スピーカーから、司会の声が響く。

その声が、大広間を目指して走る私の耳まで聞こえてきて、焦った。

……わあ！　もう紹介されている！

私達をさらに急かすように、会場中が割れんばかりの拍手で満ちていくのまで聞こえてくる。

「気をつけて。こっち！　急いで、急いで！　転んじゃダメ、転ばないで、転ばない！」

佐藤さんが隣で叫ぶ。

彼女と一緒に、私は荘厳なホテルの廊下を夢中で走った。


きらきら輝くシャンデリアに照らされたその大広間では、かしこまった服装の関係者達が集まっていた。

みんな、この年の『マンガ大賞』を受賞した、今夜の主役を待っているのだ。

「――入って！　入って、入って」

佐藤さんが、私の背中を押すように叫ぶ。

やっとのことで、私は会場に駆け込んだ。

「あっ、すいません！」

「すいません！」

佐藤さんと一緒になって謝りながら、大慌てで来賓《らいひん》の方達の間を駆け抜けて、ようやく私は演壇へと登ることができた。

マイクの前に立って、まず一息つく。

……会場中が、自分を見ている。何とか取り繕《つくろ》おうと、私は息を整えた。

『すいません、締め切りやってました』

時間ギリギリになって現れた私の第一声に、会場中がわっと笑いに包まれる。

その雰囲気に胸を撫《な》で下ろし、私はいつものように喋《しゃべ》り出した。

『えっと……、とにかくびっくりしています。この作品で賞をいただけると思っていなくて。地元の話も結構出てくるんですけど、父・健一《けんいち》はじめ、宮崎の実家は、未だにお祭り騒ぎと聞いています』

一度喋り出したら、すらすらと言葉が出てくる。

宮崎の実家の話をすると、会場が和《なご》んだ。

この授賞式会場には、さっき一緒にホテルを駆けてきた佐藤さんや、今や白髪交じりとなった、長い付き合いのある担当編集者の岡《おか》さんの姿もある。

岡さんは整った顔立ちをしたベテランの男性編集者。

みんな、長年私を支えてくれた大事な仲間達だ。

でも、今夜、私が語ろうと心に決めてきたのは――……。

すると、促すようにグレーのスーツを着込んだ眼鏡の司会者が質問してきた。

『先生。今回の受賞作は、ご自身の恩師である日高健三《ひだかけんぞう》先生について描かれた自伝的な漫画だと思うのですが……。あらためて、【日高先生】、どのような方だったんでしょうか』

『……』

さっきまではするすると出てきたのに、私は途端に言葉に詰まった。

『……そうですね、ええと……、あの……』

口ごもった私を、司会者が不思議そうに見ている。

つい司会者から視線を逸《そ》らして、それから会場を見渡して、私は首を捻《ひね》った。

どう言えばいいか、迷いに迷って……。

……でも、やっぱり、いい言葉を探し当てることはできなかった。

＊＊＊

「先生帰りました——!!」

叫ぶように言って、佐藤さんが仕事場で必死にペンを動かしているアシスタント仲間達を労《ねぎら》うように、部屋へと入っていった。

私の仕事場は、何人ものアシスタント用のデスクが並んでいる。大きな窓があり、壁や棚にはところ狭しと資料の写真やイラストを飾っていた。

授賞式で華やかな数時間を過ごして、楽しかったけれど……。

やっぱり、ここが一番落ち着く。

気がつけば、すっかり夜遅い時間になっていた。

帯だけ解いた着物姿のまま帰宅した私を見て、アシスタント達はほっとしたように口々に声を上げた。

「お帰りなさい！」

「お疲れさまです！」

私も自分のデスクに向かいながら、アシスタント達に返事をする。

「ごめんごめん！　遅くなってしもた」

当たり前だが、私がいなければ、東村アキコの漫画は始まらない。

佐藤さんが、若いアシスタント達に慌ただしく声をかけていく。

「どう？　背景入った？」

「あっ、入りました！」

勢い込んで頷《うなず》いたのは、最近入ったばかりの新人アシスタントだ。気合いを込めて完成させたらしいタブレットの原稿を、見せてくる。

「お願いします」

私は首を傾《かし》げて、彼女が描いた背景を眺めた。

「……あー。ちょっとこれ、いやうまいんだけどー……。東京出身だよね？」

つい私が聞くと、新人アシスタントは戸惑ったように頷いた。

なのだ。

予想通りの返事に苦笑して、私は肩をすくめて説明した。こういう指導は、昔から得意
「え？　あ、ハイ……」

「都会っ子にはわからんよね。宮崎はねー……、もっとこう……」

着物の袖《そで》を捲《まく》り、私はタブレットに向かい合った。

生まれ育った故郷――宮崎の景色を描こうとすると、私の脳裏に、……授賞式では語ることのできなかった恩師の姿が蘇《よみがえ》ってきた。

「……あー、これ私やるわ」

私が頷くと、新人アシスタントがぺこりと頭を下げた。

「あ……、お願いします」

授賞式で一時途切れた集中力を取り戻すかのように、自分のデスクで漫画を描き始めた。

漫画を描き始めると、周りの音が消える。

宮崎の光景を描きながら、ふと目を上げた。

棚に、思い出深い真っ白な『骨貝《ほねがい》』がある。

骨貝とは、アッキガイ科の巻き貝のことをいう。その姿はまるで魚の骨格のようで、真ん中に一本伸びた貝殻《かいがら》に、一列に細い棘《とげ》がずらりと並んでいる。英名は『女神の櫛《ヴィーナスコーム》』、なんていうらしい。

骨のような、櫛《くし》のような——その白い骨貝を眺めて、私は、心の中で語りかけた。

私は、立派な人間でも何でもない。

——でもね。私、まだ描いちょるよ。先生。

授賞式では、先生のことをうまく話すことができなかった。

まだ、自分は先生のことを語れないのだろうか？

今では先生の分身のように思えるその骨貝を眺めながら、私はタブレットの小さなコマの中に……その向こうに、まるで無限に広がるような美しい宮崎の大自然を描いた。

思い出とともに、鮮やかな風景がタブレットの中に再現されていく。


描くしかない。

それを教えてくれたのは、日高先生だった。

第一章
伝説の少女漫画雑誌、『ぶ〜け』

一九八七年七月

始まりは、今から三十年ほど前。

澄んだ空の色を映し出す日向灘《ひゅうがなだ》の青い海は、淡くさざ波を立て、どこまでも続いていた。

白い浜辺が美しく輝き、内陸には深い森が広がっている。海沿いの道には、ヤシの木が並ぶように植樹されていた。

緑の濃い森が山地を覆《おお》い、潮風が木の葉を揺らす。

胡瓜《きゅうり》やピーマンや金柑《きんかん》、それに宮崎の特産品として有名なマンゴーを育てるビニールハウスが建ち並んだ先の住宅街を、私はランドセルを背負って、小学校に通っていた。

そう、あれは小学六年生の頃のことだった。

見慣れた風景を眺めながら下校していると、……ふと、ゴミ捨て場が私の目に飛び込んできた。

そこには、誰かが捨てたと思われる、漫画雑誌がある。

飛び切りの笑顔を浮かべる愛らしい女の子が描かれた明るい表紙——その少女漫画雑誌の名前は、『ぶ〜け』。

束にされている『ぶ〜け』の山が、私の瞳には、きらきら輝く宝の山に見えた。

思わず駆け寄った。

それはまさに、運命の出会いだった。

凄《すご》い……、凄い凄い凄い！

何、これ……!?

それからはもう、『ぶ〜け』と一心同体みたいな毎日だった。

ゴミ捨て場から拾ったピンクや赤や黄色に彩られた『ぶ〜け』は、文字通り私の宝物となって、家にいる間はずっと肌身離さず抱えて夢中で読みふけった。

世の中にこんなに面白いものがあったんだ！

今思い出しても、衝撃と感動が胸に鮮烈に蘇《よみがえ》る。

ページを手繰《たぐ》る手を止められないままに読み終えると、堰《せき》を切ったように私は次の号に手を伸ばした。

親に話しかけられてもドアベルが鳴っても電話がかかってきても気づかないくらいに、私は漫画の世界にどっぷりハマり込んでいった。

美しい表紙に、文学的な作品の数々。私はその『ぶ〜け』に憧《あこが》れて、見よう見まねで絵を描き始めた。


それからは、実家のリビングが私のアトリエになった。

私の実家は、ごく一般的な二階建ての一軒家で、棚などの家具は温もりを感じる木製のものが多い。母がきれいに掃除してくれているリビングでは、いつも家族みんながくつろいでいた。

そこに置いてある小さな木のテーブルで、私は次から次へと絵を描いた。

漫画のヒロインみたいな女の子を描いた絵が多かったけれど、漫画で出会った憧れの男の子や、可愛《かわい》い猫を描くこともあった。

まだ小さな手で私が真剣に絵を描いていると——、母がリビングへとやってきた。

長い髪を後ろでまとめ、エプロンをした母が、絵を見てぱっと顔を輝かせる。

「あら～、アキちゃん！　うまいね～！」

まるで大作家の絵を見て心から感動したように、大げさに微笑《ほほえ》む。

すると、父もやってきた。

父は子煩悩《ぼんのう》な優しい人で、いつでも何かをもぐもぐ食べては、目尻を下げている。そんな父が、『アキコを褒めるなら俺も交ぜろ！』と言わんばかりに歓声を上げた。

「こりゃあ、たまがった!!　宮崎のゴッホかピカソっちゅー感じですわ～！」

父も母も、私の描いた絵を見ると、いつでもこんな風に大絶賛してくれた。私の絵を見て大喜びしている父に、絵に詳しくない母が首を傾《かし》げた。

「ピカソは下手《へた》くそなんじゃないとね？」

ピカソが誰かもまだ知らない私は、嬉《うれ》しそうに自分を褒めたたえる両親に、力強く宣言した。

「私、漫画家になる！」

すると、母がまた感心して目を丸くした。

「へ～！　漫画家！」

父も、心からの笑顔で続ける。

「そしたらアキコは宮崎の手塚治虫《てづかおさむ》ですね！」

「アキちゃん、よかったね。もう将来の仕事、決まったが～！」

父と母は、もう夢が叶ってしまったみたいに大喜びし合った。

私も得意になって微笑んだ。

そう。

ここは、九州の宮崎。お気楽な県民性。

周りは誰も私の夢を否定しなかった。

両親も親戚も、いつだって私の描いた絵をベタ褒めしてくれた。

だから、そのまま言葉を素直に受け取って、私は漫画家になるため、毎日宮崎を流れる大淀川《おおよどがわ》のほとりをランドセルを背負って歩きながら、ひたすら『ぶ～け』を読みまくった。

そうして、どんどん、どんどん、月日が流れていった。

自分は大きくなったら漫画家になれるだろうと信じて……。

どこにいても、どこを歩いていても、私の側《そば》にはいつも、宮崎の広大な青空と、海と、大自然と、ヤシの木と、『ぶ〜け』があった。

中学生になっても、高校生になっても変わらずに。

毎日たくさんの漫画を読んで、読んで、読みまくって。気づけば、ただ大量の漫画を読んでいるだけの、漫画大好きな女子高生になっていた。

私は、その勢いで美術部に入った。

高校の美術室は広くてイーゼルやモチーフ像などの設備も揃《そろ》っていて、私は放課後はいつもこの美術室で過ごしていた。

一九九三年四月

それは、私が高校三年生になった年のことだった。

木炭を手に描いた石膏《せっこう》像のデッサンは、我ながら素晴らしい出来栄えだった。いや素晴らしいどころか……、もしかしてこれ、天才？

そう思っていると、赤いベレー帽を斜めに被った美術部顧問の中田《なかた》先生が、私のデッサンをしげしげと眺めて言う。

「ありゃあ。林《はやし》さん。ちょっとこれ……、またうまくなったっちゃない～？」

やはり、プロが見ると、どうしても私の才能はわかってしまうらしい。

いつでも大絶賛してくれる正直者の中田先生に、私は堂々と胸を張って答えた。

「中田先生！　私もそう思います！」

こくこく頷《うなず》いた私に、目尻を下げて中田先生が大喜びした。

「うわあ、こりゃあ……、きっと受験も大丈夫ね！」

「ですよねー。むしろ、美大が私を欲しがってる！」

誰も止める人がいない私はもう大得意だった。

「はっはっは。その自信も林さんの武器やね」

「ま、あとはどこの美大にするかっていう見極めですかね！」

「いやぁ～、どこでも選び放題よ～！　いやぁ、林さんはきっと、宮崎を代表する画家になるっちゃね～！」

中田先生がベタ褒めしてくれる。

またか……、やれやれ。中田先生は、勘違いしているのだ。

何度も言っているのに、と思いつつ、私は訂正した。

「先生！　私がなりたいのは、漫画家です！」

「おぉ!? あ、そうね!? 漫画家にもなれるが～!」

うんうんと、中田先生が頷いている。

これが宮崎の県民性。顧問の先生もこの調子。

間髪容《い》れずに、中田先生が称賛を重ねた。

「しっかし、うまいねぇ～!」

まあ、この頃は、いつもこんな感じだった。


高三の教室で、私はクラスメイトの北見《きたみ》にテンション高く話しかけた。

「美大は勉強せんでも入れるやろ? で、美大行けば、さらに今より絵がうまくなるっちゃから……。あとは漫画家デビューするだけ。完璧な人生設計じゃ!」

すると、どこか冷めた目をした彼女は、腕組みして耳にイヤホンをしたまま、私に言った。

「そんな甘くないやろ」

「!」

「美大の倍率、何倍か知っちょっと?」

彼女は、冷ややかな視線を容赦《ようしゃ》なく私に浴びせた。

まれにこういう人もいる。同級生で美大志望の北見は、私よりも情報通だった。温かで前向きで優しい人が多い宮崎県民の中では、この北見は非常に珍しい性格の持ち主だった。

「急になんね……」

私は北見を興ざめした目で見つめた。

北見はボブカットにパーマをかけて、ぴっちり分けた前髪をヘアピンで留めた、個性的なファッションの女の子だった。いつもどこか斜に構えていて、腕組みするのが癖で、突っ込みの切れ味は痛いくらいに鋭い。そして、耳にはいつも、イヤホンがささっている。きっと、大好きなバンドであるフリッパーズ・ギターの曲を聞いているのだ。

その北見が、私にさらっと言った。

「あたし、美大受験用の絵画教室通い始めたっちゃわ」

「え、そうなん!?」

目を見開くと、北見は当たり前のように頷いた。

「美大行くなら、そういう教室行かんと受からんって」

「私も行った方がいいっちゃろか……場所どこね？」

「海の近く」

「海？」

「看板もない。宣伝もしちょらん」

「何そこ……」

「紹介制よ。来るなら言っちょくけど」

「月いくらね？」

「五千円」

私の月のお小遣いみたいな金額だった。

「五千円!?　やっす!!」

それなら……、行ってみてもいいかもしれない。

まあ、私が持って生まれた才能はずば抜けているわけだけれど、念のためというやつだ。

この時は、そう思っていた。


放課後、抜けるような青空のもと――、私は一人、北見に教えられたそのバス停で降りた。

バスが去っていく音を聞きながら周りの景色を眺めると、見渡す限り、畑やビニールハウスしかなかった。

ずっとずっと、どこまでもヤシの木が植えられた細い道が続いている。人気《ひとけ》はないし、バスは一時間に一本しかないようだし、コンビニどころか、自販機すらも見当たらない。

北見にもらった『ここで待つように』と書かれたメモを眺めて、私は肩をすくめた。

「ここって言っちょったけど……」

自作のデッサン画を丸めて入れたアジャスターケースを、私はじっと見つめた。

画家の先生が個人でやってる絵画教室。いったい、どんな先生？　ヨーロッパ帰りのロマンスグレー？

でも、大丈夫かなぁ。いきなり私みたいな天才が来て、私の絵を見てみんながびっくりしたらどげんしよう？　凄い空気になっちゃったら、何て言おうか……そう考えていると、ふいに誰かが声をかけてきた。

……妙に迫力のある低い声で。

「──林さんね！」

「！」

ハッとして我に返って、振り返ると──。

そこには、原付《げんつき》バイクにまたがった見知らぬ中年のおじさんがいた。

そのおじさんは、年季の入った汚れた白い原付バイクに乗って、これまた長く着ている様子の渋い深緑色のジャージ姿で、……一見すると、まるで体育の先生みたいだった。

黒いヘルメットの下に見える日焼けした顔はどこか不機嫌そうで、眼光は異様なほど鋭く、眉間《みけん》にはがっつり皺《しわ》が寄っている。

まあとにかく、無愛想な印象だった。

「林明子《アキコ》さん」

「あっ、はい」

「ついてきて」

それだけ言うと、問答無用で、そのおじさんは原付バイクのエンジンを吹かして勝手に走り出してしまった。

「え、え！　え、何？　え、えぇっ!?」

ど、どういうこと……!?　私、歩きなんですけど!?

「ちょっと！　ちょっ！　待ってください！」

慌《あわ》てて声をかけてもちっとも振り返ってくれないから、走ってその背中を追いかけるしかなかった。

私は、アジャスターケースを抱えて、制服姿のまま、宮崎の田舎道を走った。どこまでもどこまでも、ひたすらに……。

これが、私と『日高《ひだか》先生』の最初の出会いだった。

＊＊＊

——日高健三《けんぞう》先生の絵画教室の前には、濃い緑で満ちた大きな庭が広がっていた。

掘《ほ》っ立《た》て小屋のような木造平屋の一軒家に向かって、日高先生の駆る原付バイクが、エンジン音を鳴らして走り込んでいく。

長い間制服姿のままで走らされた私は脇腹を押さえ、息も絶え絶えに日高先生に続いた。

「入って」

家の前にバイクを停《と》め、ヘルメットを取った日高先生が、私に手招きをする。

「はぁ……」

嫌な予感しかしない。ここまで走った疲れでよろよろとしながらも、私は日高絵画教室へと入っていった。


そこには数人の生徒さんがいて、描く音だけが、響いていた。

日高絵画教室のアトリエになっている大部屋には、ところ狭しとたくさんのイーゼルが並んでいる。

大きな窓から陽《ひ》の光が差して、外から吹き込む風が白いカーテンを揺らしていた。窓からは、緑いっぱいの庭が見えている。

アトリエの壁にずらりと置かれている棚には、たくさんのモチーフが集められて並んでいた。……が、何だか見慣れない物体も多い。絵の練習用によく使われるような普通のガラス瓶《びん》や果物なんかも少しはあるのだけれど、何というか、白っぽい、骨とか貝とか、よくわからないものも多いような……。

「……」

日高絵画教室の生徒は、小学生からお年寄りまでいて、年齢制限はないようだった。全員で七、八人はいるだろうか？

……って、あれ？　小学生にお年寄り？　ここは、『美大受験用の絵画教室』だったはずでは……。

さまざまな疑問を抱きつつ、私はさらなる違和感に気がついた。

「……!?」

理由はわからないが、集まった生徒達の全員が全員、何だか妙に顔面蒼白《そうはく》で、失敗したら命でもとられるのかというような緊張感で、デッサンに取り組んでいるのだ。

恐ろしい空気に激しく戸惑っていると、アトリエスペースになっているその部屋の隅《すみ》に、ようやく見知った顔を見つける。

「――あ、北見!!」

ほっとして笑顔を浮かべた私を一瞥《いちべつ》した北見は、返事もせずにそっぽを向いて作業を続けた。

……って、え、無視!?　何で!?

あんたが私をこの絵画教室に誘ったんじゃない！

説明をせがもうとして北見のところへ一歩を踏み出した私の背中に、ドスのきいた声が投げかけられた。

「林さん！」

「!?」

ビクッとして振り返ると、いつの間にか日高先生が音もなく背後に立っていた。

なぜか竹刀《しない》を手にした日高先生は、怒っているかのような険しい顔で、私を睨《にら》んでくる。

「持ってきたデッサン並べて」

「あ、は、はい」

慌てて持ってきたアジャスターケースを開いて、私は自信作のデッサンを三枚イーゼルに並べた。すると……。

「！」

肩に竹刀の先を引っかけて椅子《いす》に座った日高先生が、はっとしたように私のデッサンを見つめた……ような気がした。いや、確かに日高先生は、目をカッと見開いて、口も何かを言おうと開いている。

あぁ……、これは大絶賛の流れだわ。

私は早くも照れて、どう謙遜《けんそん》しようか考え始めていた。

だって、家族も親戚も学校の先生も、みんなみんな、私の絵を見るたびに腰でも抜かしそうなほどに驚いて大感激するのだ。

妄想の中で母が現れて、並んだ私の力作デッサンを見て感涙する。

『……え～、うまいねえ！　さっすがアキちゃん！』

『宮崎のゴッホですわ～！』

父も、大喜びで賛同した。一緒に現れた仲良しの親戚一同も大騒ぎする。

『天才じゃが！』

『将来値上がりすっど～』

『今のうちにサインもらっとかんといかん!!』

最終的に、両親や親戚一同は拍手喝采《かっさい》して私の類《たぐい》まれなる才能を褒めたたえ始めた。

いやあ……、そんなことありますけどね!?

謙遜しすぎると、却《かえ》って嫌味だろうか？　どのくらいの感じで反応をすればいいか考えて、私は恥じらうように俯《うつむ》きつつほくそ笑んだ。

その瞬間だった。

日高先生が竹刀を掲げて、突然思いっきり振り下ろした。ブオン！　と猛烈な風圧が起きて、私が脳内で召喚していた妄想の両親や親戚達が無残にもかき消えた。

「はい全然下手クソでーす!!」

かつて言われたことのないその言葉に、私は耳を疑った。

「え」

日高先生は立ち上がって、私の自信作のデッサンを次々に竹刀で突きながら言った。

「これもダメ。これも。これも。ハイクソクソクソ……」

「……」

あまりの酷評《こくひょう》に、頭がついていかない。すると、動転している私の眼前に、日高先生の竹刀の切っ先が鋭く突きつけられた。

「お前。今、何年生か」

「……」

「何年生かって聞いちょっちゃが！」

か弱い女子高生が恫喝《どうかつ》されているというのに、……他の生徒達は一顧《いっこ》だにしない。もちろん、北見もだ。完全に見ない振り、他人の振りに徹していた。

私は、慌てて日高先生の質問に答える。

「あ、えっと、西高《にし》の三年です……」

「はぁ!? 今年受験やないか!! ――お前、今日夜ん九時までここで描いてけ」

「え?」

「明日から月水金土日、週五でここに来い。石膏デッサン一枚十二時間以内! 受験までに百枚描け! 今日これ描いてけ!」

週――五!? 石膏デッサン一枚――十二時間以内!? 受験までに――百枚!?

私、絵を一枚仕上げるのに一週間くらいかかるんですけど!?

いきなり日高先生に命じられた恐ろしい課題内容に、私は目を見開いた。

何か物申したかったが、もう私への指導は終わったということなのか、日高先生はすぐに次の生徒のもとへと向かっていた。

「こら! よし子《こ》っ!」

よし子と呼ばれたその女子生徒のデッサンを見て、すぐに日高先生は言った。

「何をもたもた描いちょっとか! 手動かせっ」

発破《はっぱ》をかけるというには激しすぎる勢いで、日高先生が猛烈に彼女のそばの床を竹刀でぶっ叩く。

「すいません!」

彼女は条件反射のように、怯《おび》えきった顔で首を縮めて謝った。

「!!」

思わず、目を逸《そ》らす。もう、見ていられなかった。

しかし、視線を逸らした先で、恐ろしいものと目が合う。

「うわっ!?」

そこには、見たこともないおどろおどろしいほどにリアルな謎の石膏像が鎮座していた。人の顔だ。ぽかんと口を開けて、虚《うつ》ろな目がこちらを見つめている。

何これ!?　生々しすぎるんですけど!?　死体の顔でも埋め込まれてるの!?

そう思っていると、日高先生が教えてくれた。

「それは川崎《かわさき》くんのデスマスクや」

「かわさきくん!?」

デス……って、その人死んだの!?　やっぱり死体!?

ぎょっとしていると、すぐそばで熱心にデッサンをしていたその『川崎くん』らしき穏やかそうな男子高生が振り返って声を上げる。

「先生、俺、生きてるっちゃけど！」

「あぁ？　死んじょるようなもんやろが」

見ると、確かに、川崎くんは石膏像そのままの顔をしていた。

「ほんとじゃや。同じ顔……」

そう呟《つぶや》いていると、日高先生がぼーっと突っ立ったままの私に怒鳴った。

「何しちょっかー！　早くこっち来んかーッ！」

「……！」

た、助けて！　ここに誘ったの、あんたでしょ!?

そう思って北見を見ると、あいつめ、関わり合いはごめんとばかりに、一瞬こちらを見た後またすぐに目を逸らしやがった。

「こっち来て座れ。お前、何しよっとか！　コラ！」

日高先生が、竹刀を片手にこちらに迫ってきた。

「おぉぉ……」

慌てて逃げようとしたのだが、竹刀を振り回すだけあって、日高先生の動きは俊敏だった。

教室を飛び出す間もなく、首根っこを摑《つか》まれ、私は日高先生に強引に引っ張られた。

私をイーゼルの前に無理やり座らせると、日高先生は怒鳴った。

「いいから描け！」

こ、こんな空気で!?　描けるわけないんですけど！

抵抗しようとした私を恫喝するように、また日高先生が叫んだ。

「コラ！　逃げるな！　コラ！　こっち来い!!　――……」

ジャージ姿で竹刀を振り回す暴力絵画教師……。私の鼻は、その竹刀で無残に叩き折られた。

第二章

宮崎であって、宮崎でない場所

それから数回絵画教室に通う頃には、夢に見るほど、私は骨の髄《ずい》まで日高《ひだか》先生の恐ろしさを叩き込まれていた。

『――描けー!!』

その朝も日高先生に追いかけ回される悪夢にうなされ、私は逃げるようにベッドから転がり落ちた。

「うわぁ!」

異様なほどに、寝ざめの悪い朝だった。

ベッドから落ちた衝撃であちこち痛めた身体《からだ》を抱いて、私は呻《うめ》いた。

「うっ……、うわ、痛っ……、くぅぅ」

それでも、遅刻なんかしようものなら、どれだけ怒られるかわからない。

何とか起きて、私はふらふらになりながらリビングに下りた。

「おぉ! アキコ選手。日曜なのに早いですなあ!」

ダイニングテーブルで呑気《のんき》にメロンパンなんか食べている父が、感心したようににこにこしている。

「……絵画教室やから」

寝起きでばさばさの髪を揺らして、私はテンション低く答えた。

すると、何にも知らない父が、頑張っている娘を悪気ない様子で褒める。

「ほぉえ～、優雅ですな～」

いや……。優雅とか、全然そんな感じじゃないから……。

内心でそう思いつつ朝ご飯を探して冷蔵庫を開けていると、もう出かけるのか着替えを済ませている母が、顔をひょいっと出してきた。

「ごめん。お母さん、ママさんバレーあってお弁当作れんちゃわ」

あぁ、そういえば今日はママさんバレーの日か。

寝不足の顔で、私は頷《うなず》いた。

「大丈夫」

「毎日行かんといけんっちゃね」

心配そうに母が言うので、私は肩をすくめた。

「まあ、一応、受験生やし」

すると、父が目を丸くした。

「ほぇ～！　こりゃあ大変や。ただでさえうまい絵が、ますますうまくなってしまうわ！」

「今ドキ月五千円って安いね～」

嬉《うれ》しそうに、母が微笑《ほほえ》む。

父も、私にいつものように絵をリクエストしてきた。

「いい絵が描けたら、うちに飾りましょうや！　きれいな花の絵かなんか描いてよ、アキコ選手～!!」

「いいね～」

母も嬉しそうだ。

相も変わらず呑気で優しい両親の声を背に、私は足取りも重く家を出た。


宮崎の夏は、それはもう、猛烈に暑い。

日差しが強く、外をちょっと歩いただけで汗が止まらなくなる。

ポニーテールにまとめた髪から汗を滴《したた》らせ、私は田舎道を歩いて、日高絵画教室を目指した。

日曜日だってのに、こんな朝っぱらから、あんな地獄《じごく》のような教室に行かなきゃいけないのか……。

汗の滲《にじ》んだうなじを拭《ぬぐ》いながら、私はふと、美術部の中田《なかた》先生の言葉を思い出した。

『――日高先生ね？』

日高絵画教室に通い始めたと伝えた時、中田先生は驚いたように目を見開いた。

『知ってるんですか？』

私が聞くと、癒《いや》し系の中田先生が大いに頷いた。

『もちろんよ〜。立派な画家の先生やから』

『え……？』

立派な……って、あの恐ろしい先生が？

『個展開いたら、そりゃあいっぱい人が観《み》に来るんよ』

『別の人と間違えてませんか？』

さらに確認すると、中田先生がどこか複雑そうな表情になった。

『まあまあ、いわゆるそういう美術家の団体には所属しとらんからねえ……。【異端児《いたんじ》】っちゅーやつやねえ』

『ああ……』

立派、はともかく、異端児、というなら、物凄《すご》くしっくりくる。

すると、私の才能を買いまくっている中田先生が、にっこり微笑んだ。

『でも、日高先生もこんなうまい子が入ってくれて、喜んどるっちゃないとね？』

『ふふふ……。まあ……』

何と答えればいいかわからず、私は曖昧《あいまい》に笑うしかなかった。

この中田先生は、宮崎県民ど真ん中な優しい性格の持ち主だ。

私も、そんな温かな宮崎が大好きだった。

けれど、日高絵画教室に足を一歩踏み入れると、そこは別世界だ。

こんなにも生徒が集まっているのに、聞こえるのは、デッサンを描く音だけ。誰も、何も、喋《しゃべ》らない。ただ恐ろしいほどの沈黙だけが、流れている。

「これ描け」

日高先生が小学生の生徒達の前に置いたのは、白い皿の上にのった魚の骨だった。意味不明なモチーフである。しかし、文句も不平も言わずに、子供達は無言で描き始めた。

その近くでは、日高絵画教室で最年長と思われる優しそうなお爺《じい》さんが、イーゼルに向かっていた。彼の名前は『児玉《こだま》さん』というらしい。

「児玉さん、これ」

日高先生が、児玉さんに言う。

児玉さんは、素直に頷いた。

「はい」

児玉さんは、老眼鏡を額《ひたい》に上げて、ただひたすらに、熱心に、集中しまくりながらティッシュの箱を描いていた。それも、何枚も何枚も。

な……、何かの苦行なのだろうか……。

その時の私には、デッサンを続けている様子の児玉さんの姿が、苦しそうに見えてしまった。

その教室では、みんな変なものばかり描かされていた。

呆然《ぼうぜん》としていると、彼らよりは多少経験のある、そして、美大受験の差し迫った私に、日高先生が命令した。

「お前、お前これじゃ」

日高先生が私に厳命したのは、マルス像だった。青年の胸像で、誰しもが中学や高校の美術室で見かけたことがあるような、有名な石膏《せっこう》像だ。

マルス像を睨《にら》んで、日高先生が私に怒声を飛ばした。

「はじめ！」

「あ、あの、マルスは……。何回か描いたことあるんで」

そう言った瞬間だった。日高先生の眼光が、カッとさらに鋭くなった。

目にも留まらぬ俊敏な動きで日高先生がガッと竹刀《しない》を摑《つか》む。

「こらぁぁぁぁ!!」

いきなり横なぎに思いっきり竹刀を振り回され、私はおののいた。竹刀の風圧を浴びながらも何とか上半身を反らして、それをぎりぎりでかわす。鼻先を、竹刀が掠《かす》めていった。

「!?　うわあああああ!!」

私は叫び声を上げた。

しかし、体勢を戻すと、すでに眼前には日高先生の手が迫っていた。

避ける間もなく、大きく息を呑《の》む。身体中から汗が噴き出した。

気がつけば、私は日高先生の右手で顔を全力で摑まれていた。アイアンクローを食らったのだ。

「ふうっ!? ……ひぃやぁ!?」

「描いたことあるからなんや。何百回と描け！　何も見んでも描けるようんなれ！」

顔面に、日高先生の指が食い込んでいる。

なんという握力だろう。猛烈に、顔が痛い。

否応《いやおう》もなく、私は弱々しい声で返事をした。

「……ふぁい」

私が頷くと……、ようやく日高先生は手を放してくれた。

へなへなとその場にしゃがみ込んだ私に、日高先生があのドスのきいた恐ろしい声で言った。

「三十分で形とれ」

そう言うと、日高先生は児玉さんのところへ飛んでいった。

「児玉さん！　パースが違います!!　ここも、ここも。全部描きなおしてください！」

「はい……」

児玉さんは、せっかく描いたティッシュ箱のデッサンを悲しそうに消し始めた。そう……、全部、である。

日高先生は、自分よりずっと年上の人にも、絵のこととなると容赦《ようしゃ》がなかった。

その迫力にあらためて度肝《どぎも》を抜かれていると、魚の骨をせっせと描いていたはずの子供達が、くすくすと私をあざ笑っていた。

「なんね」

むっとして私が睨み返すと、即座に日高先生の叱責が飛んできた。

「何喋っとんじゃ！」

「違います！」

子供達のことを訴えようと視線を戻すと、しかし、彼らは、さっきからずっと真面目に絵を描いていたような振りをしていた。

「!?」

本当に……、なんていう絵画教室なんだろう。

マルス像のデッサンを進めていると、私のケント紙を覗《のぞ》き込んできた日高先生が怒鳴った。

「形くるっちょっが。よく見ろ！」

「……えっと……？」

私は首を傾《かし》げて、自分のデッサンを見た。マルス像は描いたことがあるからコツはわかっているし、なかなかの出来栄えだと思うんだけれど……。どこが悪いんだろう?

「描きなおせ!」

日高先生が怖くて、私は素直に線を消して木炭で描きなおす。

けれど、私の背後に立った日高先生が、まだ描き始めたばかりなのにすぐに首を振った。

「違う」

仕方なく、また線を消して私はデッサンを描きなおした。

だが、また、すぐ……。

「違う」

最終的には、ケント紙にデッサンの一本目の線を引こうとした瞬間に叱責が飛んだ。

「違う!」

「まだなんも描いてな……」

「やかましい! 初手から違う言うとんじゃ、バータレ」

私をそうどやしつけて、日高先生は竹刀で床をぶっ叩いた。怯《おび》えてすくみ上がっていると、眉をひそめて日高先生は言った。

「もういい。どけアホ!」

日高先生は私を席から立たせて、自《みず》らイーゼルの前に座った。

「一回しかやらんぞ」

驚いていると、日高先生は木炭を手に取り、ケント紙の上に、青年マルスの胸像を描いていった。

「……」

その手際の素早さ、重ねられていく線の巧みさに、私は目を見張った。

乱暴なほど速いのに、正確に、確実に、マルス像の形がとられていく。

さっき私にアイアンクローを食らわせたのと同じごつごつとしたその手が、ケント紙の上に、芸術を、表現を生み出していく。

まるでそこに青年マルスがたたずんでいるかのようだ。あっという間に石膏像の形をとり終えると、日高先生は立ち上がった。

「これくらいのスピードでやれ！」

私にそう言うと、すぐに日高先生は他の生徒達のイーゼルの前に行く。

アトリエに、日高先生が発する叱責が矢継ぎ早に響く。

「児玉さん、だから違う！　ここと、ここ、直してください」

「はい」

「コラ！　これが魚の骨か!?　ちゃんと見て描けホラ！　泣くな！」

しくしくすすり泣く子供の声は、その怒声と同時に聞こえなくなった。

せっかく描いたティッシュ箱を消していた児玉さんが、勢いあまってイーゼルごとガタガタッと床に崩れ落ちる。

「児玉さん!!　なんしよっとですかっ！」

唖然《あぜん》として、私は日高先生の背中を見つめた。

「……」

確かに、絵を描く技術は凄いけど……。

泣き惑う子供達、怒鳴られるお爺さん。それは、絵画教室のイメージとは程遠い、異様な空間だった。

イーゼルを直している児玉さんを眺めていると、日高先生の叫び声が飛んできた。

「――あぁ、ほら、いい!!　手止めんな！　児玉さん見るんじゃなくて石膏像見ろ！　児玉さんは、石膏像じゃねぇぞ!!」

＊＊＊

壁に掛けられた時計が十二時を回ると、日高先生が号令をかけた。

「ハイ昼飯！　昼飯食え!!」

「はい！」

「十分で食えーッ!!」

誰も文句なんか垂れる生徒はおらず、作業の切りが悪くてもさっと筆や木炭を置いて席を立って、全員が息を合わせたように昼食のスタンバイを始めた。次々に、生徒達が床に車座《くるまざ》になっていく。

その一糸乱れぬ統制に恐れおののいて、私は小声で呟《つぶや》いた。

「軍隊や……」

「林《はやし》っ!」

「あっ!?」

急に日高先生に名前を呼ばれて、私はぎょっとして飛び上がった。

やば!　今の独り言、聞かれた!?

怖いだけじゃなくて、地獄耳なの!?

そう怯えていたのだが、続く日高先生の言葉は、予想と違った。

「お茶!」

……え?

はっとして顔を上げると……、どこか暖かみのある色をした湯呑《ゆの》みに、淹《い》れたばかりらしいお茶が湯気を立てていた。

「あ……。はい」

拍子抜けして湯呑みを受け取ると、日高先生は次々にお茶を生徒達に手渡していった。

「高橋《たかはし》！　茶！」

「ありがとうございます」

「よし子《こ》！　茶！」

「ありがとうございます」

「みっちゃん！　茶！」

「ありがとうございます」

誰も彼もが、慣れた様子で湯呑みを受け取っている。

今日は午前だけの予定だったのか、帰り支度をしている児玉さんに、日高先生は大声で怒鳴るようにお茶を勧めた。

「児玉さん！　お茶飲んでってください！」

「ありがとうございます」

「……」

あんなに怖いのに……、お茶なんか沸かして淹れてくれるんだ。

何だか、意外だった。

日高先生が淹れてくれたそのお茶は、とても美味《おい》しかった。

しかし、昼食が始まっても、日高絵画教室に漂う空気はやっぱり重苦しいままだった。打ち解けた雰囲気も会話もゼロ。沈黙にいたたまれなくなった私は、おにぎりを頬張《ほおば》りつつ日高先生に聞いた。

「……あの、先生……」

振り返った日高先生に、私は続けた。

「……先生は、どこの美大に通ってたんですか？」

「俺は、大学は出とらん」

「え……？」

美大、出てないの!?

なのに、『美大受験用絵画教室』をやってるの!?

衝撃の事実に、私は思わず視線を泳がせた。おどろおどろしい動物の頭蓋骨《ずがいこつ》や骨などがみっしり並んだ棚が、目に入る。

「……!?」

「なんや？」

怪訝《けげん》そうに眉をしかめた日高先生に、私はごまかすようにヘラヘラ笑った。

「あ、いや……。絵画教室ってもっと、お花いっぱいの花瓶《かびん》とか……何ていうかこう……。

もっと、キレイな絵を描くもんなんじゃないんですかね？」

「何を言うかっ！」

ピシャリと一喝《いっかつ》されて、私はすくみ上がった。

「美しいやろうが」

「えっ……」

日高先生のその発言の真意がわからず、私は恐怖を感じた。

それは、血や臓物《ぞうもつ》や骨を見て喜びを感じるような、ホラー的な感覚ですか？　そう考えていると、日高先生の答えは全然違った。

「……骨も、死んだ鳥の羽も、時間が経《た》っても、ずっと遺《のこ》る美しさっちゅーもんがあるんや！」

日高先生が見ている美しさを、日高先生らしい言葉で、簡潔明瞭《かんけつめいりょう》に教えてくれる。

でも、その時の私には、何を言われているのかさっぱりわからなかった。

「……意味わからん」

「バカが！　そーいうもんを描いてこそ画家なんじゃ！」

「意味わからん意味わからん」

頭を抱えて首を振り続けている私に、日高先生は怒声を飛ばした。

「わかれて！　わからんなら描け！　描け、描け、描け！　昼飯終わりっ!!」

日高先生の下した号令に、またも絵画教室の生徒達は一糸乱れぬ統制振りを見せて、お弁当を片付けてそれぞれのイーゼルに戻ったのだった。


午後になっても、日高先生の調子は変わらなかった。

「みっちゃん、何遍《なんべん》同じこと言わすとか！　形が違う！　ちゃんと見て描け！　泣くな！　泣いても絵は進まんど」

みっちゃんのすすり泣く声が、教室に響く。

私はもう、耐えられそうになかった。

おずおずと、日高先生の背中に声をかける。

「あの……。先生」

「なんや?」

日高先生は振り返った。青い顔を作って、私はわざとらしくお腹《なか》を押さえる。

「ちょっと私、お腹……、痛くて」

「……」

日高先生が、眉間《みけん》に深く皺《しわ》を寄せて私を見つめている。

急いで、私は続けた。

「今日、もう帰ってもいいですか」

「……。バス停まで歩けるとか」

「お母さんに電話して迎えに来てもらいます」

「……電話そこや」

「はい」

急いで日高先生に教えられた電話を取ると、私は実家に電話する振りをした。

「——お母さん？　ちょっとお腹痛くて。本当!?　途中まで迎えに来てくれる？」

実際に電話をかけた先は、時報だった。他の生徒達を指導している日高先生の様子を窺《うかが》いつつ、私は受話器を強く耳に押しつけて、時報が漏《も》れないようにした。

『時刻は、午後三時二十八分二十秒をお知らせします——』

私は、大急ぎで時報に答えた。

「うん。うんうんうんうん。うん。ありがとう。はい。はい、じゃあ。はい、どうもー」

＊＊＊

仮病を使って日高絵画教室から無事に逃げ出した私は、バス停に続く細道に出ると——。猛然と爆走し始めた。

「はぁ……。シャ――!!　脱出成功!!　てか、美大出てない先生がなんで受験生教えちょっと!?　あんなのただの体罰教師やろ！　そもそも絵っていうのは、もっと楽しく描くもんやろが。見た人が喜ぶようなきれ〜な絵を、自分の好きなペースで、好きなように……」

大声で独り言を叫びながらバス停を目指していると、突然不穏な何かを感じて、私は息を呑んだ。

「!?」

ざわっと嫌な気配が背後からして、おそるおそる後ろを振り返った私は戦慄《せんりつ》した。

「!?　うわぁ……」

なぜ!?　どうして!?

理由はさっぱりわからなかったが、なぜだか日高先生が全速力で私を追いかけてきているのだ！

それも、怒り心頭《しんとう》に発《はっ》したような、とにかく猛烈に険しい表情で。

動転して、私は目を見開いた。

「林！」

「え、なんで、なんで!?」

思わず叫んで、何とか逃げようと私も懸命に走ったのだが、全然駄目だった。

「うわぁあ！　あぁあぁあぁあぁ……」

絶望するほどの凄《すさ》まじいスピードで距離を詰められ、私は悲鳴を上げた。

日高先生は急に立ち止まって、あの恐ろしいほどにドスのきいた声で叫んだ。

「林ィっ!!」

日高先生の咆哮《ほうこう》が、畑に響き渡る。その勢いにつんのめって、私は顔から転んでしまった。

「あぉ……」

痛い！　悶絶《もんぜつ》する私の前に、着古したデニムを穿《は》いた足が立ちはだかる。

「あぁ……!?」

おずおずと顔を上げると、……日高先生が私を見下ろしていた。

「林!!　お前、嘘《うそ》ついちょったとか……」

ばれた!?　絶対、死ぬほど怒られる！

この先生が本気で怒ったら、どのくらい怖いのだろう？

あまりの恐ろしさに、涙目になって口をパクパクさせていると、日高先生は続けた。

「さっきお前の母さんから電話きたぞ。ママさんバレーの集会があるから、帰るの遅れるって」

「いや、あ、あの、これは……」

「迎えに来てくれるんやなかったとか！」

「ごめんなさい！」

日高先生につるし上げられるのだと思って、慌《あわ》てて私は頭を下げた。

もう仕方がない。謝って謝って、謝り倒そう。

観念して目を瞑《つむ》り込んでいる私に……、しかし、日高先生は何も言わなかった。

「……？」

どうしたんだろう？　不思議に思って目を開けると、日高先生が目の前でしゃがんで、私に背中を向けていた。

「乗れ」

「……え？」

「腹痛いんやろが。バス停まで連れてってやる」

「いや、それは……」

「早《は》よ、おぶされ！」

「でも」

「道で倒れたらどんげすっとか!!」

「……」

『仮病でした』なんて、とても言えなかった。

だって、日高先生は、私が嘘をついているなんて、少しも思っていないみたいだったから。

「早よ乗れ！」

結局私は、本当のことは言えずに、日高先生に素直におぶられることにした。まるで、小さな子供みたいに。

＊＊＊

私を背負っているために息を切らしながら歩く日高先生は、呆《あき》れたように言った。

「迎えが来るなんて、下手《へた》な嘘つきよって、お前……。こんなとこで倒れても、誰も通りかからんぞ」

「すんません……」

日高先生の背中に汗が滲んできて、熱い。黙っていると日高先生が息を荒くしているのが聞こえて、どんどん申し訳ない気持ちが大きくなっていく。

「あの……、重くないですか……」

日高先生の背中や肩は力強くてがっしりしていたけれど、さすがに高校生を背負って歩いて余裕なわけはなかった。

返事はなかったけれど、私はもう一度謝った。

「すんません……」

ちょうどその時、数十メートル先でバスがエンジン音を立てて去るのが目に入った。

「あ……」

バス停にたどり着いて運行時間を確認すると、やっぱり次のバスは、一時間後だった。がっくりと肩を落として、私はバス停前の待ち合い用のベンチに座った。少し距離を開けて、日高先生の隣に。

「……」

「……」

次のバスが来るまでが気まずくて、なんて言ったらいいかわからなくて、ただ無言で、待つしかなかった。

一時間もあるのに、日高先生は何も言わず、ただずっと隣に座っていてくれた。

やっとのことで次のバスが来て、乗り込んだ私に、日高先生が叫んだ。

「林！」

どきっとして振り返ると、やっぱり微塵《みじん》も私を疑っていない様子で、日高先生は言った。

「一晩で治せ！　明日また来い！　明日からまた描け！」

「……はい」

すでに、あれこれ言い訳をつけて断る気持ちは失せていた。

ドアが閉まって、ガラガラの席に着いて、私は俯《うつむ》いた。

バスが発車する。振り返ると、まだ日高先生は帰らずに、私を見送っていてくれた。

バスが走るにつれ、日高先生の姿が小さくなっていく。ずっと、バスが見えなくなるまで……、日高先生はそうしてくれていた。

先生は、私の幼稚な嘘を信じて……。

——私は今でも後悔してるよ。あの時のこと……。

第三章

受験勉強

次の日から……。

私は心を入れかえ、真面目に絵画教室に通い始めた。

田舎道を毎日のように歩いて、日高《ひだか》先生に怒られて、怒鳴られて、叱《しか》られて……。

今の時代じゃ考えられないスパルタ指導法で、でも、そのおかげで、私の絵はどんどん上達した。

私が絵を描いていると、日高先生はいつでも容赦《ようしゃ》なく本当のことをズバリと指摘した。

「ここはこう。お前のはこう。全然違う！　あと、この像はここをちゃんと描け！　お前のはヘルメットみたいになっとるやろが。ヘルメットに見えるか？」

そんな風に叱り倒されて、時には不貞腐《ふてくさ》れて、帰り道に日高絵画教室から森を抜けた先にある、白い浜辺に出ることもあった。

「あぁ……」

その海は、宮崎の澄んだ青い空を映して美しく輝き、真っ白な浜辺をさざ波で濡《ぬ》らしていた。

でも、そんな素晴らしい景色も、すぐ側《そば》にあっていつでも立ち寄れたので、特別だとは気づいていなかった。

私は時々、日高先生にはとても直接言えない文句を、海に向かってぼやいた。波の音に消えてしまうように、日高先生に聞こえないように気をつけて。

そんな簡単に日高先生みたいに、できないよ……って。

日高先生は、私が初めてぶち当たった、大きすぎる壁だった。

それでも、教室に通い始めて一か月が経《た》ち、何か月か過ぎていくと、私の絵を描く技術は、目に見えて上がっていた。

前よりも素早く、前よりも正確に……。

「お前ら、集中しろよ。集中、集中！」

日高先生のドスのきいた声をほとんど日を置かずに聞いて――。

私の上達振りに気がついた美術部の中田《なかた》先生に、時折様子を聞かれることもあった。

「日高先生はどうね？」

にこにこしている中田先生に、私は思いっきり顔をしかめて、理不尽《りふじん》を訴えた。

「毎日、竹刀《しない》が飛んできます」

「えっ……。かわいそうに、林《はやし》さん……」

「かわいそうです、私……」

この人の好《よ》すぎる宮崎人気質《きしつ》な私達ではどうにもできずに、しょんぼりと肩を落として涙し合った。

いつの間にか、宮崎に秋が訪れていた。

気がつけば、美大受験日はどんどん近づいていた。

一九九三年九月

忘れられない出来事があった。

日高絵画教室には、『みっちゃん』という女の子がいた。

みっちゃんは髪を短く切り揃《そろ》えたおとなしそうな女の子で、私や北見《きたみ》とは違う高校に通っていた。歳《とし》は近かったけれど、あんまり話したことはない。だって……、日高絵画教室では、無駄な私語は厳禁だったし。

ある日、彼女が腕を伸ばして一生懸命デッサンしている姿を眺めて、日高先生が怒声を飛ばした。

「おい！　お前、さっきから全然進んどらんやないか！」

そう言って顔をしかめてみっちゃんのデッサンを眺めて、ふいに日高先生が呟《つぶや》いた。

「――みっちゃん。お前……、手が長《な》げーな」

「え？」

驚いたように、みっちゃんが日高先生を振り返って見上げる。突然何を言い出したのかと、私や他の生徒達も、一斉に二人を見た。

「チンパンジーみたいや」

「……!?」

そのデリカシーのかけらもないたとえに、私は目を見開いた。

急に何を言っているんだ、この人は……。

しかし、何が起きているのかまだ教室内の誰も把握《はあく》しきらないうちに、日高先生は言い放った。

「よし！　お前、今日からお前のあだ名、チンパン子《こ》じゃ！」

「……え!?」

みっちゃんが、驚愕《きょうがく》に顔を歪《ゆが》める。

日高先生は、悪気なさそうにみっちゃんに頷《うなず》きかけた。

「いいやろ。覚えやすくて」

そのあだ名はさすがにちょっと……。

「先生、それはあまりにも……」

思わず私が口を挟もうとすると、日高先生は教室の空気に気づくでもなく、壁掛け時計を見上げた。

「昼飯！」

それだけ言うと、いつものように台所へと引っ込んでいった。

みっちゃんは、悲しそうに肩を落としている。

私は、顔をしかめて日高先生が消えていった台所を睨《にら》みつけた。

「最低……」


車座《くるまざ》になってみんながお弁当を出し始めているのに、どうしたことか、みっちゃんだけはいつまで経ってもお弁当を広げようとはしなかった。

お昼を食べる時間は、十分しかないのに。

「みっちゃん？」

私が首を傾《かし》げて問うと、ややしてみっちゃんが悲しそうに説明を始めた。

「今日、お母さんが寝坊して……。お弁当なくて……」

そう呟きながらランチクロスを解いたみっちゃんの膝《ひざ》に、彼女が今日大慌《あわ》てで用意したらしきお昼ご飯が零《こぼ》れ出てくる。

それは、何ということか……、リンゴとバナナだった。

車座を囲んでいた全員が、完全にフリーズした。

よりによって、今日!?

そう思っていると、お茶を淹《い》れ終えて戻ってきた日高先生が、それを見て爆笑した。

「おい、弁当がリンゴとバナナて！　おい、みんな見ろ！　チンパンジーの昼ごはんじゃ！」

日高先生があっけらかんとするくらいに大笑いして……。次に噴き出したのは、何とみっちゃん本人だった。

「あはは……。……あはははは っ」

みっちゃんがあまりに豪快《ごうかい》に笑うものだから、つられて、私も北見も、他の生徒達も、みんな笑い出した。

「リンゴとバナナって！　チンパンジ子やないか！」

日高先生が笑う。絵画教室で、全員が一緒になって腹を抱えて笑った。

先生はいつも怒ってばかりだったけど、たまに大笑いする時もあった。あの時の笑顔が、忘れられない。

一九九三年十一月

受験も迫る秋のある日のこと、たまには部活に顔を出そうと高校の美術室に入って、私はぎょっとした。

美術室に、見知らぬヤンキー男子高生がいたのだ。

その迫力に、私は顔を引きつらせた。

リーゼントに赤いシャツ、着崩した学ランに、世の中のすべてに不満をぶつけているかのような鋭い眼光が際立つ強面《こわもて》……。街で会ったら絶対目を逸《そ》らしたいタイプの、完璧に気合いの入ったヤンキーだった。

彼は、美術室で偉そうに踏ん反り返って机に両足を乗せて、何かを待っているようだった。

私は、おずおずと彼に声をかけた。

「——誰ですか……」

「あんた、美術部の人?」

ヤンキーにガンつけるように睨まれ、私はビクビクしながら頷いた。

「まあ、はい……」

「これ、代わりに描いてくれん?」

脅すように凄《すご》んで、彼が差し出してきたのは——、描きかけの絵だった。

「え?　……これ、模写《もしゃ》?」

「居残りで描かされちょっとよ。美術の授業の絵」

そういえば、私も一年の頃にやらされた気がする。

なるほど。それで美術室なんかにいたのか。

そう納得して絵を覗《のぞ》き込んで、私は目を瞬《また》いた。

「え……、でも……」

「あ?」

「君……、結構うまいね」

「……ん?」

私にたしなめられると思って反発しようとしたのが拍子抜けしたらしく、彼は怪訝《けげん》な顔になった。

にっこり笑って、私は言った。

「最後までやってみたら? 私、教えてあげるわ!」

「は……?」

「はい!」

模写を差し出すと、戸惑ったように、彼はそれを受け取ったのだった。

案外、初心者の彼への指導はスムーズに進んだ。

ヤンキーのくせに意外と素直で、私のアドバイス通りに水彩の絵筆を走らせていく。

美術の資料集と同じ配色に模写を仕上げているのを見て、私は感心した。

「やっぱり、うまいわ。色も本物と一緒やもん」

「……楽しい……」

さっきまで私に課題を押しつけようとしていたのをすっかり忘れた様子で一心不乱に机に向かっている彼を、私は乗せた。

「あんた、一年生やろ？　私がちょっと教えただけでこんなに描けるっちゅーことは……、天才かもしれん」

「そ、そうかな」

照れたように、彼がはにかむ。このヤンキー高校生の中に宮崎人気質を見出《みいだ》し、私は畳《たた》みかける。

「いや～、才能あるよ、君！　あんた、ヤンキーやめて美術部入んなさい！」

勧めてみると、やっぱり素直だった。

「……入る」

あっさりと頷いた彼に、私は満足げに微笑《ほほえ》んだ。

後輩の今村《いまむら》くん、通称『今ちゃん』。

彼はそのまま美術部に入り、美大を目指すことになった。

彼に才能があると見込んだ私は、彼を先生に会わせた。

＊＊＊

しかし、日高絵画教室に連れてきて早々、今ちゃんは日高先生とガンの飛ばし合いを始めた。

「……」

「……」

お互いに眉間《みけん》に深く皺《しわ》を寄せて、日高先生と今ちゃんはもう、鼻先がくっつきそうなほどに近づいていた。

慌てて、私は日高先生に今ちゃんを紹介する。

「先生。後輩の今ちゃん。美大に行きたいんやって！」

私が口を挟んだ時にはもう、日高先生と今ちゃんは今にも殴り合いになりそうな状態になっていた。まさに――、一触即発。

どっちもストレートに感情を出すし、喧嘩《けんか》っ早い性格だから、ひょっとすると、馬が合わないのだろうか？

おそるおそる、私は今ちゃんを促《うなが》した。

「挨拶《あいさつ》……、挨拶して……」

それなのに、私の言うことは聞かず、今ちゃんは大威張りで日高先生に言った。

「美大行きてえから、絵習いてえっちゃけど」

「おぉ。それが人にモノ頼む時の態度か」

もちろん、日高先生も負けてはいない。

今ちゃんの見た目に、少しも怯《ひる》んだ様子はなかった。

……そんないきさつがあったものの、今ちゃんは、私や北見と一緒に日高絵画教室に通うようになったのだった。


今ちゃんが教室に通い始めてしばらく経ったある日のこと。

私がハンカチで手を拭きながら教室に戻ってくると、急に何かが倒れたような大きな音がした。

思わず目をやると、日高先生が今ちゃんに怒鳴っているところだった。

「――バカか！」

「なんやこら！」

状況を把握《はあく》する暇もなく、気がついたら二人はもう取っ組み合いの大喧嘩をしていた。

イーゼルやモチーフを倒して、怒鳴り合っている。

「やめてやめてやめてーっ」

慌てて私が止めに入ろうとすると、日高先生が今ちゃんのリーゼント頭を摑《つか》み声を荒らげた。

「目さませ！　こらぁ」

「うるせえ！　ノストラダムスの予言は本当じゃ！」

……はい!?　ノストラダムス!?　何の話!?

「何で揉《も》めてんの!?」

予想だにしなかった発言に驚いて聞くと、肩で息をしながら日高先生に張り合っている今ちゃんが叫んだ。

「地球は滅びるっちゃ！」

今ちゃんの決めつけに、日高先生も強い声で怒鳴り返した。

「言ったな、こら！　じゃあお前、ここで約束せい！　間違っとったら金払え！」

「ああえぇよ！　どーせ地球滅亡すっから、払わんで済むかいよ」

「言ったなこら！　じゃあお前、百五十万賭《か》けるか！」

「上等じゃコラ！」

叫ぶ二人に、私はおろおろと声を上げた。

「ちょっとやめて！」

私の声なんかまったく耳に入っていない様子で、また日高先生が怒鳴る。

「地球滅亡するわけなかろうが！　コラ！」

って、本当に何の喧嘩!?　わけがわからなくなりながらも、私は必死になって揉み合う二人の間に割って入ったのだった。


二人とも疲れたのか、やっとのことで、日高先生と今ちゃんは身体《からだ》を離してくれた。

いつもばっちりセットされているリーゼントがすっかり乱れて、見るも無残な姿になっていたけれど……、今ちゃんはもう、おとなしく絵を描いていた。

何とか息を整えた日高先生が、ふいに、イーゼルに向かった私にこう聞いてきた。

「林、お前、頭はいいとか？」

「え……」

「国立の美大目指すなら、センター試験あるやろ。北見、林は勉強はできるっちゃろ？」

当然のことを確認するように、日高先生が北見を見る。

デッサンから顔を上げた北見は、即座に首を振った。

「できません」

「ちょ……、北見！」

慌てて私が立ち上がると、北見がさらに続けた。

「いつも赤点ばっかかです」

「言うなって!!」

ぎょっとしたように、日高先生が私を見た。

「なんでや。お前とこの高校、進学校やろが！」

そう――私が通っている西高《にし》は、県内ではかなりレベルの高い高校なのだった。

しかし、北見が言った。

「授業はだいたい寝てるか漫画読んでるかやし、ノートとってんの見たことないし、教科書も毎日置きっぱで帰るし、いつ勉強してんのかなぁって……」

いつも日高絵画教室では無言を貫いている北見の急変に、私は目を剝《む》いた。

「急にすごい喋《しゃべ》る……」

呆然《ぼうぜん》としているのもつかの間、日高先生の怒声がまた飛んだ。

「林！」

「はい！」

「お前勉強できんとか――！」

「すいません……」

私は、平謝りした。これぱかりはもう、何の言い訳も立たない。本当に私は、これまで一切の勉強をしていなかったのだから。

＊＊＊

もう受験は目前。

まったく、時間はなかった。まっとうに受験勉強をしていては、とても間に合わない。

周りの受験生達に、追いつけるわけがない。

さっさと自分の実力と現状を判断し見切りをつけた私は、急いで本屋を訪れていた。

「――ありがとうございましたー！」

先にいたお客さんを送り出した店員さんが、私を見てぺこりと頭を下げる。

「いらっしゃいませー！」

探しに来たのは、普通の参考書ではない。

私は、禁じ手を使うことにした。

目的にばっちり合致する本を二冊発見すると、私はレジへと急いだ。

「お預かりしますね。二点で二千百五十円になります」

私が確保したその二冊の本のタイトルは――。

『センター試験過去問題集』でもなく、『初心者向けドリル』でもなく、『一週間で偏差値二倍アップ！　強力詰め込みテキスト』的な怪しいうたい文句の教材ですらなく……。『問題を読まずに答えが分かる！　センター試験攻略法』と、『ダウジングマスター法』の二冊だった。

それらの本を大事に抱えて自分の部屋へ飛び帰ると、私は大急ぎで机に向かってページを開いた。

「出題者の気持ちになり、ひっかけを見抜く……。……よし」

なるほど、大事なのは問題内容じゃなくて、出題者の心理なのだ！

センター試験攻略法の真髄《しんずい》を悟った私は、あらためて過去問に向かい合った。

出題者の気持ち……。すなわち、受験生を意地悪に蹴落とすトラップを考える気持ちが、私の性格とぴったりマッチしたせいか……、このやり方は私にすごく合っていた。

本で学んだ通りに問題を眺めると、まず四択問題のうち二つが違うことがわかった。さっさと斜線を引いて選択肢《し》の半分を潰して、私は残りの二択を睨みつけた。

ここからは――、もう一冊に頼ればいい。

ダウジングの本を開いて、私はあらかじめ作っておいた五円玉と糸をつなげたお手製振り子を手に取った。

「あとは、こいつや」

目を血走らせるほどに集中して、私は振り子を見つめた。

すると……、確かに違う揺れ方をするじゃないか！

「……おぉ！　④、④や」

確信してマークシートを塗り潰してから、解答を確認すると……。

「はっ……!?　あたった……。正解……！」

この独自に編み出した受験対策に確かな手応《てごた》えを感じて、私は大きくこぶしを握ったのだった。

一九九三年十二月

日高絵画教室で、その魔術書のような奇跡の本、『ダウジングマスター法』を北見が勝手に日高先生に渡したのは、数日後のことだった。

北見は、日高先生に私の編み出したセンター試験対策を告げ口しやがったのだ。

表紙のタイトルを読んでぱらぱらページをめくって、日高先生が眉をひそめる。

「……ダウジング？」

「あ、いや……」

この本がもたらす成果には自信があったが、まっとうな勉強方法じゃないのは確かだ。

このずるいやり方を日高先生にどう釈明しようか迷って、私は口ごもった。

するとと、隣で私の内心を見透かしたように、北見が肩をすくめた。

「明子《アキコ》、よくないやり方で勉強してます」

「ちょっ、あんた密告しないでよっ」

もう少し言い方があるでしょうがっ！　勉強を真面目に頑張る傍《かたわ》らで、念のために、こういう手法も取り入れています、とか……。

「林っ!!」

「っ！」

本を眺めていた日高先生から怒声が飛んできて、私はビクッとした。

「……何やこの本！　すごいやないかっ！」

驚いたように顔を輝かせて、日高先生が感動の面持《おもも》ちを浮かべた。日高先生の意外な反応に、拍子抜けしたように北見が目を丸くする。

「え？」

「このやり方で点数取れるんやろ！　これ！　すごいな。最近はこんな本が出ちょっとか……。よう見つけたな、お前」

「……」

唖然《あぜん》とした北見が、言葉を失っている。その横で、私はこくこくと頷いた。

「ええ……。このやり方で点数取れます！」

「よし！　点が取れんなら何でんよか！」

「何でんよか！」

ニヤリと笑って、私は日高先生の言葉を繰り返した。

「いや、知らんけど」

北見が呆《あき》れたように差し出した本を、私はぶん取った。

……私には、もうこの手段しかないのだ。

正攻法で、今からセンター試験対策が間に合うわけがない。

日高先生が、いつもの調子で私達を促した。

「ほら、早《は》よ準備せぇよ。早よ、早よ、早よ！」

先生の後押しもあったからか、私はこの邪道中の邪道の攻略法でセンター試験に挑み……。

＊＊＊

年が明け、センター試験が無事終わったその日、日高絵画教室に通う受験生である北見や川崎《かわさき》くんらと、いつもたまり場にしているファミレスに集まっていた。

角のテーブル席を陣取ると、私達は揃って自己採点を始めた。

まず川崎くんが、自分の採点結果を見て肩を落とした。

「思ってたより難しかったぁ。試験の傾向、あんな変わると思わんかったわ」

その向かいで、北見が自分の採点結果を見てさらりと言った。

「まあまあってとこやな……」

北見は結構頭がいいのだ。その会話を聞き流しながら、私は自分の得点を合計していた。

……が、その結果を知って、目を見開く。

「はっ？　嘘《うそ》……!?」

自分でも驚いて、何度も自己採点結果を眺める。

北見や川崎くんもこちらを見たので、私はおずおずと信じられない結果を弾き出した自己採点を二人に渡した。

「えっ!?」

川崎くんが、私以上に驚いて立ち上がる。

私は奇跡を起こした。

驚いたことに、私は、無茶苦茶な攻略法で挑んだセンター試験で、猛烈な高得点をマークしてしまったのだ。その結果は、何と――全教科八割以上。

私が一切勉強をしていないことを知っている川崎くんは、感動したように私を見つめた。

「林さんっ！　あんた！　み、ミラクルガールじゃ!!」

いつもは感情の薄い北見までもが、驚いたように私を見ている。私と川崎くんは、奇跡を祝して大合唱を始めた。

「ミラクルガール！　ミラクルガール！」

「うるさいが！」

北見の一喝《いっかつ》に、川崎くんが首を縮める。

「わりぃ、わりぃ。テンション上がりすぎたわ」

こうして――、私は見事に第一の難関であるセンター試験を切り抜けたのだった。

一九九四年二月

絵画教室から帰ろうとしたところに、日高先生が声をかけてきた。

「おい、林。お前……、本当に東京藝大《げいだい》受けんとか」

少し残念そうな顔で、日高先生が確認してくる。

私は、自信満々に頷いた。

「受けません。どうせ落ちるからです！」

東京藝大、というと、日本全国に名をとどろかせる名門中の名門美大だ。合格のために浪人するのは当たり前。天才の中でも努力した天才達が集《つど》う学《まな》び舎《や》なのだ。そんなところに、私なんかが受かるはずがない。だから……。

「確実に受かるところを二つ、受けることにしました！」

志望大学を書いた用紙を手渡すと、日高先生が怪訝そうに眉をひそめた。

「東京学芸大って……、あそこは教育大学やろ」

日高先生の疑問に、私はニヤリと笑って答えた。

「学芸大って、センター試験の得点重視なんですよ。私、センターの点数高かったから、受かると思うんです」

何せ、ダウジングという特殊技能を習得したおかげで、八割得点マークですからね!!

すると、また日高先生はもったいないとばかりに美大を勧めてきた。

「イチかバチか、美大ちゃんと受けたらいいやないか」

「受けますよ。金沢《かなざわ》美術工芸大学」

得意満面で、私は胸を張って答えた。

日高先生は、ますます困惑したように顔をしかめた。

「金沢って……。またそんな遠いとこ……」

「でもね、先生。金沢ってちゃんとした油絵科があって、レベルも高いんですよ、それに

「……」

「なんや」

ピンと来ない様子で首を傾げた日高先生に、私はダブルピースを作った。このポーズが象徴するのは、あの絶品なる金沢特産物――！

「蟹《カニ》、食べられますから！」

「蟹!?」

予想外すぎたのか、ぎょっとした顔をした日高先生に、私は自信たっぷりに説明した。

「もし落ちても、受験の時蟹食べられれば悔いも残らんですし。てか、二つ受けて二つとも受かりますから！　私！」

日高先生が、呆れたように、もう受かる気でいる私を見つめている。

大丈夫、何も心配することなんてないですよ？

「まあ、東京学芸が第一志望で、第二志望が、蟹！」

「蟹……。……よし、わかった！　受けろ！」

ようやく納得したように、日高先生が太鼓判《たいこばん》を押してくれた。日高先生のＯＫさえ出れば、もう合格したも同然だ。ほっとして、私は大喜びで頭を下げた。

「ありがとうございます！」

「絶対受かれよ！」

「受かります！」

「そんで画家になれ！　お前ならなれる！」

嬉《うれ》しそうにそう叫ぶと、日高先生は奥へ引っ込んでしまった。

……どうしよう。

日高先生の背中を見て、私は言葉に詰まった。

私がなりたいのは、画家じゃなくて少女漫画家。美大に行くのは、美大出身で漫画家っていう肩書きが、なんかかっこいいからっていうだけ……。

それなのに……、日高先生は、私の志望大学を真剣に聞いて、あんなにも喜んでくれた。

私の内心は、画家志望なんて言葉とはほど遠かったというのに。

まるで日高先生に嘘をついているようで、私は、仮病を使って日高先生に背負ってもらった時のように、肩を落とした。

戻ってきた日高先生は、私の本音になんて一切気づいていない様子で、白い紙袋を渡してきた。

「ほれ」

「え……」

「一応、持っとけ」

袋を開けると、……中からは、合格祈願のお守りが出てきた。

日高先生は、私のために、わざわざこのお守りを買いに神社まで行ってくれたのだ。

受験勉強なんてちっとも真面目にせず、不純すぎる動機で美大を目指す、私のために。

「ありがとうございます……」

嬉しかったけど、複雑で……。でも、私は頭を下げた。

日高絵画教室を出るまで、私は無言だった。

迷った。言うべきなのか、言ってしまった方がいいのか……。

私の本音を。私の夢を。私の本当に好きなものを……。

少し考えて、私はこう思った。

別に、今言わなくてもいい。合格してから言えばいい。先生は、漫画のことなんてわかんないんだから。

第四章

受験が始まる

一九九四年二月

まずは、第一志望の東京学芸大学から。

受験のために訪れた東京は、やっぱり日本の中心というだけあって大都会だった。

恐ろしいほどに高いビルが建ち並ぶ中を、何とか北見《きたみ》と協力し合って東京学芸大学にたどり着いた。

日高《ひだか》絵画教室とは比べものにならないほどに大きなアトリエスペースに、受験生達がところ狭しとイーゼルを並べている。

周りと同じように呼吸を整えたり、画材を揃《そろ》えたりしていると——、やがて、試験開始時刻が訪れた。

受験会場に現れた試験官が、受験生達に宣言した。

「では、はじめてください」

その声に……、さすがに緊張する。

美大受験では、このタイミングで初めて、課題が明かされるのだ。

実技試験が始まった。

どきどきしながら課題の内容を確認すると、私はニヤリとほくそ笑んだ。

よしよし。石膏《せっこう》像か。日高先生に何百枚もデッサンを描かされたんだから、大丈夫だ。

その日のデッサンの筆は乗りに乗って、なんなら、周りのライバル達のデッサンをちらちら盗み見する余裕さえあった。

こんな調子で、滑り出し上々に、私は大学受験をスタートさせた。

＊＊＊

実技試験が終わると、私は北見と一緒に東京の喫茶店に入った。

もう、顔がにやけてしょうがなかった。だって……。

「楽勝やったな！　私が一番うまかったわー！」

前祝いに、喫茶店で注文したのは豪華なフルーツパフェだ。さすが東京！　スイーツからして、可愛《かわい》すぎるし、美味《おい》しすぎる。うっとりと舌鼓《したつづみ》を打っていると、相変わらず突っ込みの厳しい北見が、冷めた顔で言った。

「一番って、そんなわけないやろ」

「いやいや、絶対受かっちょる！　なんかわかるんよ。大学に呼ばれた気がするもん！」

そう、声がね、聞こえるんですよ。たぶんあれ、東京学芸大の声だから！

「ダウジングのやりすぎや……」

冷静な北見に、私は喜びに満ちた笑顔で、間もなく始まる東京生活に想いを馳《は》せた。

「一緒にこの大学通おうね！　一緒にライブとか行こうね！」

「あんたＴ Ｍ Ｎ《ティーエムネットワーク》好きやろ。あたしとはシュミ違うわ」

呆《あき》れたように北見が言って、でも、そんな言葉は、私の耳には入っていなかった。だって、絶対受かってるとしか思えなかったから。

一九九四年三月

続いて、第二志望。蟹《カニ》目当ての、金沢《かなざわ》へ。

金沢に向かう特急列車に、北見の姿はなかった。

奴は、金沢美術工芸大学は受けないのだ。都会の大学がいいとか何とか言って。

一人きりになって……、私はぽつんと、特急列車の窓を流れていく真冬の雪景色を眺めた。

日本海側にある北陸の冬は、降雪量が段違いだ。木々の枝にどっさりと乗っている雪はとても重そうで、でも、眩《まばゆ》いばかりに白かった。

雪山を通り越し、灰色の森を抜け、特急列車はぐんぐん進んだ。

温暖な気候の宮崎では、標高の高い山地を除けば雪はあまり降らない。積もることだって、滅多にない。

だから、雪にすべてを覆《おお》い尽くされた白銀の世界は私の目には新鮮で、ついつい受験のことも忘れて言葉もなく見惚《みと》れてしまった。

「……」

景色に見入っているうちに――、いつの間にか、特急列車は金沢駅に到着していた。

特急列車を降りて金沢美術工芸大学に着くと、やっぱりキャンパスも重たそうな白い雪に覆われて、まるで施設全体が凍りついているような幻想的な光景に見えた。

コートを着込んできたけれど、予想以上に寒い。

白い息を吐いて、絵を描く手まで凍えてしまう前にと、私は急いで試験会場へと向かった。

金沢美術工芸大学の実技試験は、五日間にわたって行われた。

しかし、課題として現れたのはこれまで見たこともない男性の石膏像で、私は動揺した。

……ていうか、誰!? あんなの、中学でも高校でも、日高絵画教室でも、教科書でも、見たことないよっ。無理だよ、こんなの……っ！

はじめて見るタイプの石膏像の登場に完全にテンパってしまい、全くうまく描くことができず、柄にもなく、自信を失っていた。

顔面蒼白《そうはく》になりながら、それでも必死になって私はデッサンを続けた。

どうにかデッサンは描き進めたが……、まったくもって、うまくいかない。

それに、試験会場の大教室でも一人きりだし、帰り道も、宿でも一人きりだった。

宿泊先は、これまでほとんど泊まったことのないタイプの古めかしい民宿で、布団に潜り込んでもちっとも眠れなかった。

楽しみにしていた蟹は、夕食に出たちっぽけな小皿にほんのちょっぴりのっているだけ。

民宿で割り当てられた小さな部屋で、私は背中を丸めて膝《ひざ》を抱えていた。

完全に、ホームシックだった。

＊＊＊

これと同じ頃、実家の宮崎でも、大事件が起きていた。

後で父と母に聞いたところによると、その日はこんな感じだったらしい。

まず母が私の第一志望の東京学芸大からの合否通知書の中身を見て、それを父に渡して……。

「あ……、落ちとるやないか……！」

父が愕然《がくぜん》としている横で、母はすぐに日高先生に電話をしたそうだ。

「そうなんです、先生。今、通知が来て……。今あの子、金沢の受験中なんですけど……。

……はい。ああ見えて、あの子繊細な子なんですよ。金沢の受験が終わるまで、本人には言わないでおこうと思ってるんですけど」

母が日高先生にそう相談すると、父も後ろでこんな風に同意してくれたそうだ。

「うん、うん。それがよか。うん。絵は心ですから。心が乱れたら絵が乱れるけん、アキコには言わんほうがいい。金沢の美大の試験が終わるまで絶対言うなっっ！　絵が……絵が乱れるっっ……」

「……ええ。はい、そうします。はい」

＊＊＊

私はずっと、民宿の部屋の隅《すみ》で落ち込んでいた。

さすがに、無駄に満ち溢《あふ》れた自信も、ここに来て全部吹っ飛んでいた。

ふと、カバンにぶら下げた日高先生からもらった合格祈願のお守りが目に入った。

「……」

その途端に……、飽きもせずに毎日のように通った絵画教室で呆れるほどに聞いた、日高先生のドスのきいた声が側《そば》で聞こえた気がした。

『バカが！　どんな場所でもいつもと変わらず描けばいいんじゃ！　気合い入れんか！』

まるで、日高先生がこの場に来て、呆然《ぼうぜん》自失している私を、叱《しか》ってくれているみたいだった。

ほんの少しだけ、明日からまた描けるような気がしてきた、その時だった。

「……失礼いたします……」

「!?」

急に音もなくふすまが開いて、不気味なほどにやつれた女将《おかみ》がすっと現れる。

かしこまって両膝をついて、か細い声で私に言った。

「……日高さまという方からお電話が……」

「あ、はい！」

私は、息を呑《の》んで立ち上がった。

＊＊＊

寒々しい廊下を小走りで駆け抜け、私は受話器が脇に置かれたままの民宿の公衆電話にかじりついた。

励ましの声をもらいたくて、受話器に耳を押しつける。

「もしもし！」

『おう、林《はやし》』

「先生……っ」

いつもは怖い声が、今は凄《すご》く力強く響く。懐かしくてほっと安堵《あんど》して、私が目を潤ませていると、日高先生が急に言った。

『――お前、学芸、落ちちょったぞ』

「……。……え？」

一瞬、何を言われているか……、よくわからない。

今、『落ちた』……、とか何とか言われたような……。

耳を疑っていると、日高先生がスパッと事実を伝えた。

『ちなみに北見は受かっちょったぞ！　お前もう後ねえからな！　金沢絶対受かれよ！いいな！』

用件を済ませると、電話はガチャンと切られた。

「……」

唖然《あぜん》として通話の切れた受話器を見つめて、私は部屋に小銭を取りに急いで戻った。そして、両親が大量に持たせてくれた十円玉をガンガン投入して、実家に電話をかける。

「お母さん、私、東京学芸落ちちょったって、先生が今……」

何かの間違いだよね……？　と確認したかった。しかし、私の話を聞き終わらないうちに、いつも優しい母が電話の向こうで絶叫した。

『……いやぁあああああああ！』

「!?」

急いで受話器の向こうに耳を澄ませると、母が早口で怒っている声が聞こえてきた。

『……なんねあの先生は!!　言わんでって言ったのに!!　あんだけ言わんでって言ったのにいいいい!!』

ドタドタドタッと激しい音が聞こえて……、……母が床に崩れ落ちたのだとわかる。事情を察したのか、父が驚いたように叫んだ。

『はああ!?　先生がアキコに言うたってか!?　……アキコ選手！』

父が受話器を奪ったらしく、私を励ます声が、耳元で聞こえてくる。

『心乱すな！　心が乱れたら絵も乱れますよ！　あのねえ、ゴッホはねえ、ふしぎ発見で言ってましたけどねえ、ゴッホは……』

「……」

私は呆然として気が遠くなった。受話器から聞こえる父が送ってくれるよくわからない変なエールすらも、徐々に遠のいていくようだった。

もう私には……、後がない。

金沢美術工芸大学の実技二次試験会場は、だだっ広い無機質なコンクリートの大教室だった。

そこで提示されたモチーフを見て……、私は言葉を失った。

「……っ!?」

壁に漁《りょう》で使うような網が斜めにかかって、謎のガラス玉がぶら下がっている。そして、その前には、麦わら帽子に白いランニングシャツを着た若い男性が、膝に手を置いて座ってこちらを見つめていた。

この男性モデルを描く肖像画が、二次試験の課題だった。

私だけじゃなくてみんな混乱していたと思うけれど……、そんなことを考える余裕もなく、第一志望に落ちた衝撃もまだまだたっぷり残っていて、ちっとも筆が進まなかった。

何これ？　裸の大将イン漁村!?　……でもやるしかない、描くしかない!!

どうしよう、どうしよう、どうしよう。

その言葉ばかりが、頭をめぐった。

この初見の課題は、私には難しすぎた。

泣きそうになりながら、それでもあと数日あった試験をこなして、私は宮崎空港までたどり着いた。

荷物をまとめさせられて、金沢を去らざるを得なくなった。そんな感じだった。絶望的な気分だった。

＊＊＊

今にも倒れそうな重い足取りで、私は日高絵画教室を訪れた。

すると、私を待っていてくれたらしい日高先生が、表に立っていた。

「……おう、来たか。行くぞ」

そう言うなり、日高先生は私を置いてさっさと歩き出してしまう。

結果に自信がないのは自分のせいなのに、いつもと変わらない日高先生に無性に腹が立って、私は絞り出すように苛立《いらだ》ちと怒りを口にした。

「なんであんな電話してきた……？」

怪訝《けげん》そうに振り向いた日高先生を睨《にら》みつけて、私は買ってきた金沢土産《みやげ》を投げつけて咆《ほう》哮《こう》した。

「バカ――ッ！」

しかし、全力で怒鳴りつけたのに、私が何を怒っているのかちっともピンと来ていない様子の日高先生は、首を傾《かし》げるばかりだ。

「……？」

そんな日高先生を置いて、私は一人でずんずん歩き出した。

そう……、日高先生はいつも通りに彼らしく、まっすぐに本当のことを、私に教えただけなのだ。


日高先生に連れられてきたのは、宮崎の飲み屋街があるアーケード通りだった。

橙色《だいだい》の提灯《ちょうちん》や年季の入った看板が並ぶその通りを躊躇《ためら》うことなく歩いて、日高先生は焼き鳥屋さんに入っていった。

たくさんの手書きメニューが並んだ店内には、私みたいな学生のお客さんはいない。

日高先生はさっさとカウンターに陣取ると、隣に私を座らせた。

「何にしましょ？」

そう聞いてきたねじり鉢巻きをしたおじさん店主に、日高先生がカウンター越しに注文する。

「俺、白飯《しろめし》。こいつにビール」

「しろめし？　はい……」

日高先生の注文に目を白黒させて、店主は頷《うなず》いた。

でも、もっと驚いたのは私だった。だって、ビールって……！

「先生、私、まだ高校せ……」

「遠慮すんな。飲め」

「いや、遠慮とかじゃなくて……」

「……」

日高先生が、黙って私を見ている。

だから、私はつい、本音を吐き出した。

「……金沢の試験、全然ダメでした……。絶対落ちてます」

本当は心のどこかで、試験に自信がないのは東京学芸大の受験結果を電話で知らされたせいじゃないと、わかっていた。

日高絵画教室に通うまではあんなに自信満々だったのに……、嘘《うそ》みたいだった。

これが現実。私の現実なんだ。生まれて初めて、思い知らされた気持ちだった。

よく冷えたビール瓶《びん》が出てきて、目の前に小さなグラスが置かれる。日高先生がグラスにとくとくとビールを注ぐと、白い泡が立った。

俯《うつむ》いたままの私に、日高先生が言った。

「飲め。今日だけは飲んで、明日からまた描くぞ」

「え？」

「林。もう一年、うちに来て、絵、描け。お前。筋は悪くないんやから。一浪して毎日描いたら、来年どこでも通るようになる」

本当だろうか？　たった一浪で……？

でも、日高先生の言葉には、いつだって嘘はない。

けど、どうしてここまで、日高先生は私に美大進学を勧めてくるのだろうか？

不思議に思って、私は勇気を出して、ずっと聞けなかった質問を日高先生にぶつけてみることにした。

「……先生。先生はどうして、美大行かんかったんですか？」

「俺は絵始めたんが遅かったから、行けんかった」

いつも通りに短く簡潔に、日高先生が答える。

私は首を傾げた。

「それって、いくつん時？」

「二十九」

「えっ、遅」

私は驚いた。二十九歳というと、社会人生活もそれなりに積んでいる年齢だ。

そんなに遅い時期から始めたのに、日高先生はあんなに絵がうまいのか。

絵だけではなく、どんなジャンルでもそうだが、若い時期から始めた方が、絶対に成長も吸収も早い。

日高先生は、二十九歳からいったいどれだけ血の滲《にじ》むような努力を重ねたのだろう?

しかし、苦労話は一切せずに、注文した白飯を食べながら日高先生は続けた。

「有名な油絵作家のとこに弟子入りして、そっから毎日、同じ石膏像ばっかり、何枚も何百枚も描いて……。でも、それは絶対無駄にならんから」

「……」

「林、美大に行け。石膏像だけやない。モデルだっておるし、うまい奴らもいっぱいおる。設備だって何だって、今よりずっといい環境で描ける」

熱のこもった声で、日高先生が言ってくれる。でも、私は拗《す》ねて、『そんな簡単じゃないよ』と言いたくなった。顔をしかめて、私は言い返す。

「……先生」

「なんや?」

「なんで美大に行ったことないのにわかるんですか?」

「うるせえっ! とにかくっ! あと一年やって、東京藝大《げいだい》受けろ。お前は何もわからんかも知らんけど、行った方がいいから」

たったの一浪で、東京藝大に受かる。

この時の私には、わからなかった。

日高先生が、どれだけ私を買ってくれていたかを。

だから、本当に何もわからないまま、私は日高先生にぼやいた。

「先生……。浪人だけは嫌です……」

「バカ！　受からんかったら浪人するしかないやろが！」

ぐうの音《ね》も出ないとは、まさにこのことだ。

なんて単純明快な現実。現状。真実。

本当に、日高先生はいつでもド直球だ。強くて、まっすぐで、裏がない。

あまりにも救いのない現実を突きつけられて、私は頭を抱えた。

「あぁ……。もう嫌や……」

毎日あんなに死ぬほど絵を描くのも、美大受験のプレッシャーも、受験勉強も。

「死ぬ気でやらんか！　飲めて！」

「だから飲まんて！」

「遠慮すんなって！」

「だから飲めんて！」

「いいから飲め、今日だけは飲んで切り替えろ！」

「高校生やから！」

「関係ない！　そんなこと！」

「はぁ？」

「飲まんと始まらんて、お前」

ぐいぐい勧めてくるわりに、日高先生は自分では手をつけようともしていない。私は首を傾げて聞いた。

「何で飲んでないの？」

「いや、俺は飲めんから」

「じゃあ飲めんて」

「俺の分も飲め、お前」

いやいやいやいや、何で私ばっかり!?　私は、日高先生にビールのグラスを押し返して叫んだ。

「飲め！　飲め！」

「俺は飲めん！」

弱音を吐いてばかりだった私の声は……、いつの間にか、日高先生と口喧嘩《げんか》をするうちに、すっかりいつもの勢いを取り戻していた。

そのことに気づいたのは、……かなり後のことだったけれど。

喧嘩をしている私達の前には、温《ぬる》くなって、泡の減ったビールが、いつまでも残っていた。

――ねえ、先生。先生と一緒に居酒屋に行ったのって、あの時だけだったんじゃない？

結局、先生が注《つ》いでくれたビールは、一口も飲めんかった。もしあの頃に戻れたら、今だったらもう、一気飲みだよ……。先生。

＊＊＊

金沢美術工芸大学からの受験合否通知書が届いたのは、それから数日後のことだった。

今度はさすがに自分で封を開くことにして、私はおそるおそるリビングのテーブル前に座った。後ろでは、両親が揃ってハラハラした様子でこちらを窺《うかが》っている。

目を瞑《つむ》って封を開けて、中を見ると……、私は大きく息を呑んだ。

「……っ!!」

自分でも、自分の目が信じられなかった。

その通知を握りしめ、私は走って電話にかじりついた。

「もしもし、先生……っ！」

『なんや』

受話器の向こうから響く聞き慣れた日高先生の声を聞くと、涙が出た。一粒零《こぼ》れたら、もう止まらなかった。私は、叫ぶようにして日高先生に伝えた。

「金沢美術工芸大学……、受かってましたぁ!!」

『エ――――――ッッッ!!!!』

私や両親以上に驚いた様子で、日高先生が電話の向こうで絶叫した。

後ろで、父が小躍《こおど》りして喜んでいる。

「よしよし、受かった！　よしよし！　よっ！　おっ！　受かった！　おっ！　よしよし……」


居酒屋で口喧嘩した夜とは打って変わって、私は笑顔を浮かべて意気揚々《いきようよう》と日高絵画教室へ挨拶《あいさつ》に訪れていた。

これまでお世話になったお礼を明るく伝えた私に、日高先生は嬉《うれ》しそうに頷いた。

「大学でもいっぱい描けよ」

「はい」

「林。大学在学中に、一回は二人展《ふたりてん》やるぞ」

「二人展?」

聞き慣れない言葉に、私は首を傾げた。

「俺とお前で個展やるんや。それまで、絵描きためちょけよ」

画家になるために金沢美術工芸大学に行くわけじゃないのに……。そう思って、私は思わず表情を曇《くも》らせた。

でも、日高先生の笑顔があんまり嬉しそうなものだから、私はつい頷いてしまった。

「……はい」

自分が本当に二人展なんてものをやる気があるのかどうかすら……、わからなかったのに。

先生は、私が画家になるために美大に行くと、信じていた。

……当たり前だ。

私は、まだ一度も、日高先生に漫画家になりたいと言ったことはなかったのだから。

第五章

憧れの美大生活

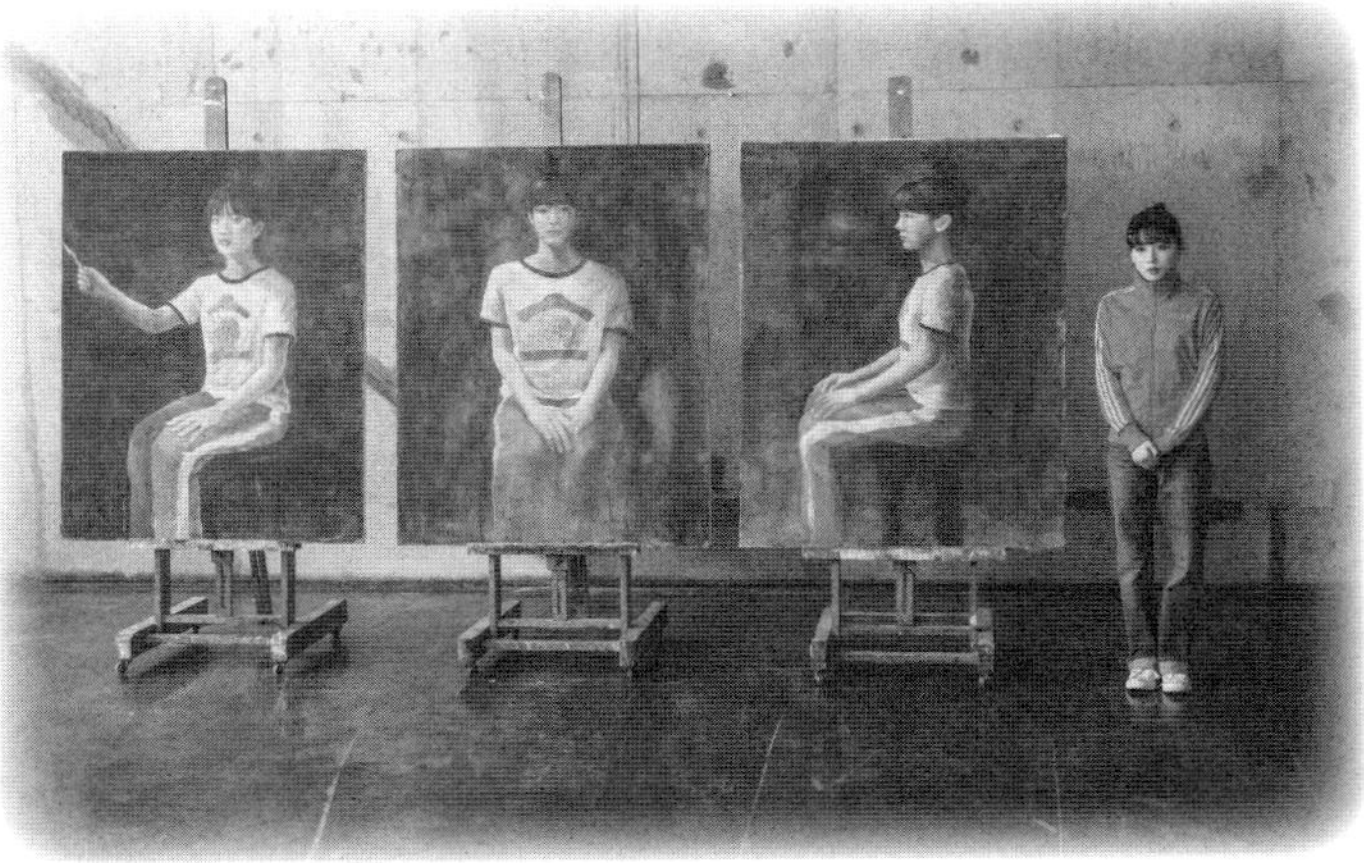

一九九四年四月

春を迎えた金沢《かなざわ》の町は、すっかり雪が解けて、桜の花に彩られていた。

受験で訪れた頃よりも格段に気候は暖かくなっていて、私はほっとして町の景色を眺めた。金沢は観光名所も多いから、過ごしやすい季節になって、観光客も増えているようだった。

金沢美術工芸大学のキャンパスに着くと、大きな窓ガラスが日の光を美しく弾き返していた。

正面玄関のロビーは広くて天井も高く、現物大のニケ像がそびえ立っている。それ以外にも、構内には有名な彫像のレプリカがいくつも置かれていた。

キャンパスには個性的なファッションをした、存在感ある美大生達がたくさん歩いていて、新しい芸術的な刺激に満ち溢《あふ》れているようだった。

あまりの嬉《うれ》しさと期待に、私は大きく息を吸い込んだ。

うきうきと弾むような足取りで、未来にきらきら光る希望を抱きながら、私はキャンパス内を歩き回った。

金沢美術工芸大学は、絵を描くには最高の環境だった。

なのに、私は……。

入学以来、一切絵を描かなくなってしまった。

大学で出会った友達の詩織《しおり》と亜由美《あゆみ》は、凄《すご》くいい子だった。

二人とも長く伸ばした髪にパーマをかけて、身に着けている服や靴も派手なカラーでデザインにエッジが効いていて、とにかくもう、『美大生』って感じの女の子達だった。

それに、明るくて、ノリがよくて、……授業が嫌いで、怠《なま》けてばかりで、遊ぶのが大好きで、楽しいことが大好きで。

講義の準備もしないでキャンパスの片隅《すみ》でだらけて、私達はいつもお喋《しゃべ》りしていた。

「授業だりぃわ」

私が呟《つぶや》くと、詩織と亜由美も頷《うなず》く。

「それな」

「だるいね」

「ね……。……あっ！　てか、温泉行かない？」

そう手を叩いたのは、詩織だ。

「「温泉？」」

「うん！　温泉、温泉！」

「どこの——？」

キャンパスで顔を合わせるたびにだらだら喋って、講義が始まってもお喋りを続けて、温泉に行ったりお茶したり……カラオケに行ったり、カラオケに行ったり。

「てげや〜！」

私がキャンパスの廊下で言うと、宮崎弁を知らない詩織と亜由美が首を傾《かし》げた。

「ん？　何それ？」

「てげ？」

「てげ？」

「え、てげはてげよ」

『てげ』とは、宮崎では当たり前に使う方言で、『すごく』『とても』といった意味である。

通じなかったことに驚いた私が目を丸くして答えると、二人はますますきょとんとした。

「何それ？」

宮崎弁が、懐かしかった。宮崎にいた頃の私と、金沢にいる私とでは、大きく変わってしまった。

……受験で鬱屈《うっくつ》としていた時間とストレスを全部発散させるように、とにかくもう、私達は気合いを入れて遊びまくった。

流行《はや》りの曲も何曲も覚えて、振り付けまで覚えて、カラオケに満ちるブラックライトと音楽に乗って、歌って踊って夜を明かした。

当然ながら、大学で出された課題なんか、後回しだった。

……結局、課題の制作にはほとんど手をかけられないままに、時間は過ぎた。

そのうちに恐ろしいと評判の油絵科の教授陣の前で、初めて課題発表をする日が来た

……来てしまった。

「……」

人間の両足をモチーフに描いた完成度が物凄く低いその自作の絵を前に、私はバツが悪くて小さくなった。

もっと頑張ればよかったと今さらになって後悔したが、遅すぎた。

制作発表をする大教室には、同じ科の同期生がほぼ全員集まっていて、その前にずらりと教授陣が並んで座っている。

中でも――、杉浦《すぎうら》教授の視線は辛らつだった。

杉浦教授が、私の描いた絵を見て呆《あき》れたようにため息をついた。

「……君の中でさ、それ、何パーセントの完成度なの？」

「えっと……。まあ八……、七十……」

八十パーセント、と言いかけて、自分を取り巻く冷ややかな空気に気がつく。慌《あわ》てて低

く見積もり直したのだが……、甘すぎた。

「十パーセントの間違いでしょ……」

大勢の同期生や講師達の前できっぱりと杉浦教授に言い捨てられて、私は黙り込んだ。

「夏休みの課題、ちゃんと描いてきてよ。こんなんじゃ単位出せないからさ」

「……すいません」

「じゃあ次の人お願いします」

「はい」

すぐに、次の学生が現れる。その学生が見せた絵を見て、杉浦教授達が笑顔になって――。

自分でも見たくもないほどひどい出来の絵をそそくさとしまって、私は教授達の前を去ったのだった。

＊＊＊

金沢で借りているアパートは１ＤＫで、生活空間にしている部屋と、寝室兼アトリエにしているもう一間《ひとま》があった。

「……」

帰るとすぐに居心地最高に作り上げた我がオアシスで倒れ込み、私はひたすら漫画を読みまくった。

アトリエ部屋には、寝る時以外入らなかった。

先生のいないこの町で、私は絵を描かなくなった。

いつ立てかけたかも忘れてしまったキャンバスは、何日経《た》っても、何週間経っても、何か月経っても、真っ白なままだった。

漫画を勉強するために……いや、現実から逃避するために、私は漫画の世界に没頭していった。

そんなある日、ふと、部屋に置いている固定電話のベルが鳴った。

「……」

予感があって、私は漫画から顔を上げて、電話を見つめる。

ダウジングの特訓の成果か、私はいつも先生からの電話がわかった。

おずおずと受話器を手に取って、私は何とか作り笑顔を浮かべる。

「はい！　もしもし？　……先生？」

『おう。大学はどうや』

「うん。まあまあ」

課題でひどい絵を提出して、教授陣にボコボコに酷評《こくひょう》されたなんてこと、……言えるわけがなかった。

『もうすぐ夏休みやろが』

「あー」

まるで、浦島太郎《うらしまたろう》にでもなったみたいだった。遊んでばかりいたせいで、そんなにも時間が経っていることに、実感が湧かなかった。

『宿題出たんか』

「課題って言ってよ……。まぁ、八十号三枚やけど」

『そっちで描くんか』

「あ——、宮崎には帰ろうと思ってます」

両親の顔は見たいし、地元の友達にも会いたいし。

すると、日高《ひだか》先生が言った。

『そんなら、こっちで描け。教室の隅に、場所つくっちゃるから！』

「いや、いいよ、それは……」

慌てて、私は受話器を持ったまま首を振った。

『遠慮すんな！　じゃあな！』

「あぁぁ……」

受話器を置いて、私は項垂《うなだ》れた。

部屋を見渡せば、漫画の山。
あの教室には戻れない。こんな私が、先生に会えるわけない……。
飲んで、遊んで、漫画を読んで……。それだけの毎日を思い起こし、私は泣き笑いにな
って窓の外を眺めた。
確かにもう、窓の向こうの金沢の町には、宮崎よりもずっと穏やかな夏が訪れようとし
ていた。

第六章 悪夢の夏休み

一九九四年八月

高校時代によくたまり場にしていた懐かしのファミレスで、私は窓の外を眺めた。宮崎の風景はやっぱりいい。青い空に白い雲。そして、ヤシの木が、海沿いの道を彩って、どこまでも続いている。

南国らしい暑い夏は、宮崎の雄大な自然をより輝かせているようだった。

愛着のある景色に触れて和《なご》むと、弱気も吹っ飛ぶ。私は高校時代の友達を呼び出して、二人に呑気《のんき》に微笑《ほほえ》んだ。

北見《きたみ》と今《いま》ちゃんだ。

「……まあ、なんやかんや単位はもらえると思うけどね～」

すると、外見やファッションは大人っぽくなったが、高校時代からまったく性格の変わっていない北見が、スパッと言った。

「そんな甘くないやろ」

目をすがめている北見に、私は慌《あわ》てて首を振った。

「大丈夫よ。家で描くし。宮崎でなら描けるもん！」

宮崎では、あんなにも毎日描くことができたのだ。だから、今度もきっと描けるはず。

私の内心と、そして怠惰《たいだ》でたるみきった大学生活を見透かしたのか、北見がさらなる突っ込みを入れてきた。

「何しに金沢《かなざわ》行ったん？」

「中退したあんたに言われたくないわ！」

北見の奴は、早々に東京の大学に見切りをつけ、さっさと辞めてしまったのだ。私が口をとがらせると、どこ吹く風で北見は私を無視し、今ちゃんに目を移した。

「今ちゃん、あたしらみたいになったらいかんよ」

するとどこかリーゼントの盛り方がマイルドになって、ヤンキー感が前より薄れた今ちゃんが、爽《さわ》やかな笑顔で白い歯を見せた。

「課題、頑張ってください！」

今ちゃんにまっすぐ激励され、私は目を瞬《またた》いた。

「今ちゃん、変わったね」

いったい、今ちゃんに何があったのだろう？　かなりいい感じの方向に成長している今ちゃんの笑顔を見て、ついつい私も感化された。

よし……。今ちゃんも変わったのなら、私も負けていられない。

ていうか、課題なんてこの私が本気出したら楽勝でしょ!!

そう思って、私は意気揚々《いきようよう》と北見達と別れたのだった。

＊＊＊

夏休みの課題は、八十号三枚。私は、宮崎の実家でそれを描くことにした。

実家の自分の部屋に八十号のキャンバスを置いて、周りに大好きな花をモチーフにした色鮮やかなイラストや写真を飾っていく。

「ふぅ……」

八十号というと、両腕を広げないと持てないくらいに横幅がある。縦の長さなんか、一メートル四十センチほどもあった。

その大画面に向かって、自分の持てる技術をぶつけて油絵を描こうとして、筆を持つ。けれど、絵の具をのせた筆をキャンバスに置いた瞬間、……まったく動けなくなった。

……固まってしまった私の脳内で、誰かが言う。

『――本当にそれで合ってる?』

『――その色なのかな?』

『――このモチーフでいいの?』

『――ダサくない?』

『――やばいよ。これ、本当に単位落とすわ』

『――てか、これテーマ何?』

『――何が描きたいの？』

『――そもそも私に描きたいものなんてない』

恐ろしい声が脳内から次々と聞こえてきて……、私は息を呑《の》んだ。

「……っ」

言葉が、出ない。

脳内では、どんどん、どんどん、聞きたくもない声が聞こえてくるのに。

恐ろしいことに、何と、それは全部、……自分の声なのだった。

パニックだった。頭が真っ白になって、自分の部屋で暴れて、のたうち回った。

カーテンを引きちぎり、布団を投げつけ、画材を放り出して……。

我慢できなかった。苦しくて怖くて、もう全部が終わってしまったように感じた。

すると、部屋で私が暴れ回っている音を聞きつけたのか、両親がドタドタドタッと階段を駆け上がってきた。

「……どんげしたとかー!!」

「アキコ――っ!?」

部屋にまず飛び込んできたのは、父だった。母も、続いて現れる。

「アキコ選手……!?」

「えっ……？」

私が滅茶苦茶にした部屋の惨状《さんじょう》を見て、父も母も絶句した。

カーテンに包まりながら、私は絞り出すように泣き言を吐き出した。

「もうわからん……。なんも描けん……。なんも……」

「アキちゃん……」

「えぇ……」

絶望している私の声を聞いて、両親が、顔を見合わせていた。

＊＊＊

何も、なんっにも、描けなくなった。

せっかく美大に入ったのに。美大に入るまでは、あんなにも毎日、絵ばかりを描いていたのに。

自分の現実に呆然《ぼうぜん》としたまま、それからおそらく一時間以上は泣き続けていた。

絶望だ。完全に終わった。

そう思っていた。

すると、ふいに部屋のドアが開いて、誰かが入ってきた。

「……？」

声もかけずに入ってきたその人物を、不思議に思って顔を上げ——、私はぎょっとして息を呑んだ。

「……っ!?」

なんと、それは、日高《ひだか》先生だった。

「……何しよっとか、お前は」

いつものしかめっ面《つら》をいつも以上に険しくして、日高先生がぶざまに床に転がっている私を睨《にら》む。その後ろから、両親が困ったように顔を出した。

「アキちゃん。あのね、電話したら、先生が来てくれたとよ……」

母が言って、隣にいる父も頷《うなず》く。

すると、日高先生が母に声をかけた。

「お母さん、鏡ありますか」

「鏡？」

「ええ」

日高先生に言われて、母がこくこく頷く。

「あぁ、はい。はいはい。ちょっとお父さん、ちょっ手伝って、手伝って」

母が慌てたように部屋を出て、廊下で待っている父に声をかける。

「鏡？」

「鏡、うん」

両親は、連れ立って一階にある鏡を取りに行ってしまった。

日高先生と私は、二人きりになった。

「……」

呆《あき》れたように私を無言で見つめた後で、大きくため息を吐き、日高先生は、真っ白なまま一筆だけ描かれた私のキャンバスを眺めた。

そして、邪魔だとばかりに、私がキャンバスの周りに並べた色鮮やかなモチーフの数々を、次々取っ払っていく。

驚いていると、ちょうどそこへ、両親が全身鏡を持って部屋に入ってきた。

「これ重いね」

「これでいいですか？」

母に聞かれ、日高先生が鏡を受け取って確認した。

「どうもです、お母さん。すいませんねえ。あとは任してください」

「はい？」

父が首を傾《かし》げる。

日高先生が、両親を安心させるように微笑んで、促《うなが》した。

「大丈夫ですから。もう」

「大丈夫ですか？」

「大丈夫ですから」

何度も、日高先生が言う。

「ドア閉めててください」

日高先生の言葉に、最後は心配性の父を母が引っ張っていった。

「お父さん！　お願いします」

心配そうにこちらをうかがいながら母が扉を閉める。

両親を部屋から追い払うと、日高先生は鏡を私の前に置いた。

そこには……、髪をぼさぼさに乱して情けなく泣き腫《は》らした、今の私のそのままの姿が映っていた。

日高先生は、鏡の中の私に向かって言った。

「――描け」

駄々《だだ》っ子のように、私は首を振った。

「やだよ、自画像なんて、そんなダサい……。受験生じゃあるまいし」

そんなありきたりなの、教授にも美大仲間にも、見せられない。

「いいから描け」

「嫌や」

「ほら！」

日高先生が、私をキャンバスの前に座らせようと促す。

「嫌やって……！」

宮崎を発《た》つ前と変わらず強引すぎる日高先生の手を、私は強く振り払った。

「何が嫌か！　バカ！」

日高先生に一喝《いっかつ》されて、私はもっと大きな声で言い返した。

「だって、うまく描けんもん！」

「下手《へた》でも描け！」

「そんな描け描け言われても困るんよ！　何描いたらいいのかわからんのよ、私は！」

「バカ！　だからお前はバカなんじゃ！」

鏡の中でまだ駄々をこねている私を睨《にら》みつけて、日高先生が無理やりに絵筆を持たせた。

「余計なこと考えんな！　描け！　ほら、描け！」

「嫌や！」

「いいから！」

「もう、やめてよ！」

強引にキャンバスに——私という現実に向かい合わせようとする日高先生に、もう我慢できなくなって、私は思いっきり日高先生を突き飛ばした。

するると、日高先生も負けじと掴《つか》みかかってきた。

「こら！　お前は！　こっち来い！」

「嫌！」

「ごちゃごちゃ言うな！」

叫び声を上げて、逃げ回って、捕まって、取っ組み合いになって……、……きっとリビングにいる両親にもその音は聞こえていて。

それでも、日高先生は、……諦《あきら》めなかった。

壁にぶつかって穴まであいて、もうお互いに必死だった。

ついには日高先生の力強い手に捕まって、私は後頭部を掴まれて顔をぐいぐいとキャンバスに押しつけられた。

「見ろ！　見ろ！」

「やだあああ！」

泣きながらキャンバスから顔を背けようとする私に、日高先生は、まっすぐに、強く、容赦《ようしゃ》なく、現実を、『私』の現状を突きつけた。

「こらっ！　こんな立派なキャンバス、親の金で買《こ》うてもらって！」

「ぎゃあああ！」

「お前が描かんと、真っ白なままやろが！　ああ!?」

「ひいいいい！」

日高先生が、再び私の手に無理やり絵筆を持たせる。これだ――これだろ――これを描けばいいんだ、お前は！ ……と、私に教えるように。

「ほら！ 座れ！ 見ろ！ 見たまんま描け！」

「うえええん！」

大声で絶叫しながら泣くと、また日高先生は激しく叱責した。

「泣くな！」

大人になってから、思う。

大学生になっても甘ったれたままの教え子を、ここまで真剣に叱《しか》ってくれる大人が、どれだけいるだろうか、……と。

私は、真っ赤に目を腫らしたまま、パレットにもう一度絵筆を置いて、絵の具を伸ばした。今は、私の絵をダサいと罵《ののし》るあの声が聞こえる前に、日高先生の声が聞こえる。バカ！ 描け！ と。

絵筆をおそるおそるキャンバスに置くと、拍子抜けするほど呆気《あっけ》なく、描くべき線がわかった。震える手で続けるうちに、線が重なり、形になっていく。

いつの間にか、手の震えも、涙も、収まっていた。

徐々に集中して入り込んでいく私の背中を、日高先生は、ただ無言で見守ってくれていた。

　とても暑い夏の日だった。

　絵画教室からうちまでは、車でも一時間以上。

　そんなに、距離があったのに。

「……」

　日高先生は、一言だって文句を口にしなかった。

　——そんな遠い道を、真夏の太陽が照りつける道を、先生はあの日、全速力で、原付《げんつき》飛ばして来てくれたんだよね？

　海沿いの猛暑の道を、大して速度も出ない原付バイクに乗って、何もかもを放り出して、私のために……。

　それから数日が経《た》って、日高先生が側《そば》にいなくても、私は絵を描けていた。自画像が、日を追うごとにどんどん完成に近づいていく。

　一心不乱に描き続けている自分にふと気がついて、私は鏡の中の自分に呟《つぶや》いた。

「なんだ……。描けんじゃん」

　何もかも終わった、無駄だったと絶望していたのが、嘘《うそ》みたいだった。

　再び集中して、私はただ黙々と、見たままの自分の姿をキャンバスに描き続けた。

＊＊＊

ようやく課題の自画像が三枚描き上がり、私は日高絵画教室を訪れていた。

完成した私の自画像を見て、満足げに日高先生が頷いた。

「よし。完成したな」

また真剣に絵を描けたということに安堵《あんど》して、でも、それ以上に日高先生に迷惑をかけたことが申し訳なくて、私は頭を下げた。

「いろいろ、すんませんでした」

「夏休みも終わりやな……。金沢に戻ってもこの調子で描けよ！　——二人展《ふたりてん》、やるからな。描きためちょけよ」

「……はい……」

ついまた……、私は頷いてしまっていた。

二人展どころか、金沢で、また描けるかどうかすら、自信がないのに。

私は、わからなかった。

どうして、宮崎だと描けるんだろう。

日高絵画教室を出て、夕暮れの道を自転車で走って家を目指しながら、私は思った。

どうして、先生がいると描けるんだろう。

一九九四年十月

……夏休みが終わり、軽くトラウマになっている講評会に自画像を三枚持ち込んで、私はおずおずと教授陣の前に立った。

「えっと……。自画像なんですけど」

おそるおそる説明すると、杉浦《すぎうら》教授が眉をひそめてじっと私の課題を睨みながら答えた。

「見ればわかる」

「はい」

こくこく頷いて気配を消していると、やがて、杉浦教授が言った。

「……いいんじゃない」

「え……、えっ？　まじですか？」

「まじだよ。次もこれぐらいの出してよ。じゃあ、次」

「はい」

思わず杉浦教授に頷いてから、私は呆気に取られて自画像を見つめた。自画像に描いた無茶苦茶だったあの日の私もまた、こちらを見つめ返している気がした。

「……」

一九九四年十二月

私はいつだって日高先生に助けてもらって、やるべきことを教えてもらっていたのに……。

秋になっても、冬が来ても、遊びまくる日々は、ちっとも変わらなかった。

気の合う、合いすぎる美大生仲間の詩織《しおり》や亜由美《あゆみ》を呼んで、お泊まり会をして、その冬は鍋を食べまくった。

金沢の名産品をふんだんに使った鍋に舌鼓《したつづみ》を打っていると、窓の向こうに白いものがちらついていた。

「……あ、雪降ってきた」

「本当だ」

詩織と亜由美が言って、私は目を見開いた。

「！」

本当だった。

金沢には、宮崎よりずっと早く冬が来るのだ。

雪を見て、嬉《うれ》しそうに詩織と亜由美が話している。

「積もるかな？」

「積もったらさ、かまくら作ろうよ」

「いいね！」

「ね！」

宮崎を出て、もう半年以上が経ってしまったのだ。

実感が湧かなくて、自分が違う誰かになってしまったようで……。

私は、ただぼんやりと、真っ白に染まっていく窓の向こうを眺めていた。

――先生。ここは宮崎と全然違うよ。この町の私は……、私じゃないみたいだよ。

まだ詩織達は、お喋《しゃべ》りを続けている。

「シャベルあったかな」

「うちにあるよ」

「雪合戦もしない？」

すると、家に置いてある固定電話のベルが鳴った。

「……」

きっと、日高先生だ。

私にはわかる。

だけど……、とても、出る勇気はなかった。

「え、出なくていいの？」

怪訝《けげん》そうに亜由美に聞かれたけれど、私は首を振った。

「あぁ……、うん。大丈夫」

「え」

「はい、食べよー食べよー！」

ごまかすためにわざと明るい声を出して、私は笑顔を作った。

目にするのも嫌で、最近はわざと視界に入らないようにしていた真っ白なままのキャンバスが、寝室から無言で私を見つめている気がした。

けど、それを無視して、私は鍋から自分の分を取った。

金沢の冬の味覚満載の鍋を美味《おい》しく頬張《ほおば》っているうちに——……、日高先生から来た電話のことは、忘れてしまった。

一九九五年四月

その日、詩織や亜由美と一緒に、いつものようにキャンパスで駄弁《だべ》っていた私は、ふいに目を上げた。

「……？」

何か、きらきらしたものが視界に入った気がしたのだ。

予感は、当たっていた。

何と、見たこともないほど爽《さわ》やかな背の高い美男子が、目の前の階段を上っていっているではないか！

「……ッ⁉」

何あの美形⁉　誰⁉

その後ろ姿に引き寄せられるように、いつの間にか私は立ち上がっていた。

「え？」

怪訝そうに、詩織と亜由美が私を見上げたけれど……。そんなことは気にも留めなかった。

美大で絵を描かないバカがすることはただ一つ。

私は、無我夢中でその爽やかな美大生の後を追って階段を駆け上がった。

「……あの！」

大急ぎで彼の背中に声をかけると、彼は足を止めて振り返ってくれた。

振り返ったその顔を、私はうっとりと見上げた。

すっと通った高い鼻筋に、つるつるの肌。輝くようなきれいな瞳。黒いさらさらの髪に職人のようにタオルを巻いていて、それさえもお洒落《しゃれ》に見えた。

声が上ずらないように気をつけて、私は急いで言った。

「油絵科の林《はやし》っていいます。私の絵のモデルになってもらえませんか？」

これぞ、美大生の特権なり。自然と素敵な人とお近づきになれる口実を持っているのだ。

私のお願いに、彼は優しく微笑んで頷いた。

「いいですよ」

声まで格好いい！　彼のすべてに見惚《みと》れて、私の瞳はもう恋に潤み始めていた。

二人の間に始まったのは……。

そう、恋愛!!

彼は、彫刻家の美大生で、『西村《にしむら》くん』といった。

私と西村くんは、絵のモデルをしてもらったことを機にどんどん近づいて、仲良くなって……。

いつの間にか、付き合うようになっていた。

「ねえ、この後何食べる？」

「あぁ……。何食べようか。アキちゃん、何食べたい？」

「ええ？　西村くんが好きなものでいいよ」

彼といるだけで、世界はきらきらと輝くようで、私はとってもとっても幸せだった。

二人はどんどん仲良くなって、一緒に季節を飛び越えて、金沢で有名なスイーツなんかを一緒に食べたりして、私が目を閉じてねだると、いつも優しくキスをしてくれた。

本当に、少女漫画の世界に飛び込んでしまったような恋だった。

こうして、クソバカ美大生は、……クソバカ色ボケ美大生になってしまった。

付き合い始めてしばらくした頃、西村くんが私のアパートに遊びに来てくれたことがあった。

雪が舞うその夜、二人肩を並べて小さなこたつに入って、一枚の毛布を分け合っていると……、本当に温かかった。

鼻筋が通って、横顔も素敵すぎる西村くんを、彼が私の漫画を読んでいる隙《すき》に、何枚も絵に描いた。少女漫画に出てくるヒーローみたいな西村くんのイラストが、私のスケッチブックに何人も何人も描き上がっていった。さらさらヘアを額《ひたい》に垂らしている西村くん、美大で作業中、頭にタオルを巻いている西村くん……。

イラストを描き終わってもまだ飽き足らず横顔に見惚れていると、西村くんが小首を傾げた。

「……ん？」

「ううん、なんでもない」

わけもないのに微笑み合って……、幸せすぎる時間だった。

すると、その幸せを打ち破るように、固定電話のベルが鳴る。

笑顔のまま立ち上がって受話器を取り、上機嫌で私は電話に出た。

「はい、もしもし？」

電話口の向こうから聞こえたのは、耳慣れたあの低い声だった。

『おう。俺や』

「……ヴッ!?」

声にならない呻《うめ》き声を上げて、私は狼狽《ろうばい》した。

色ボケで、勘が鈍ってた！

動揺を隠して、何とか平静な声を作って、私は先生に答えた。

「あぁ、先生。お久しぶりです……」

『大学どうじゃ。絵描いちょっとか』

「いや、まあ……」

『今はどんな絵描いちょっとか』

「えっと……、そうですね……」

思わず振り返って見たキャンバスは、金沢に降り積もる雪のように、真っ白なままだ。何とかごまかそうと言葉を探していると、日高先生が電話の向こうで言った。

『まあええわ。林、俺、来週時間できたからよ』

「え?」

『そっち行くわ。お前の大学、案内せい』

「えっ」

その申し出……、いや、命令にぎょっとして、私は一気に顔面蒼白《そうはく》になった。

本気だろうか? いや、相手は日高健三《けんぞう》だ。

嘘はない。

来ると言ったら、必ず来る。

つまりは――『日高健三襲来』、というわけだ。


週が明けて、本当に日高先生は来た。金沢に、私の通う、金沢美術工芸大学に。

日高先生は宮崎のそう寒くはならない冬に慣れきっているからか、冬の金沢に見合わない薄着だった。

タートルネックのセーターに、薄手の黒いジャンパーを羽織って、しかも、なぜか足元は下駄《げた》だ。

日高先生の旅の装いを遠目に見て、私は軽く引いた。

「ヤクザじゃん……」

下駄が床を噛《か》む音を鳴り響かせて、日高先生がずいずいとキャンパス内に突入してくる。

「おぉ、林！　……おぉ、ニケ像やないか！」

大きくスペースの取られたエントランスにそびえ立つニケ像のレプリカを眺めて、眩《まぶ》しそうに日高先生は目を細めた。

金沢美術工芸大学にあるニケ像は現物大で、光をたっぷり受けて力強く翼を広げている。

日高先生が感動するのも当然だったけれど、私の方は、それどころじゃなかった。

知り合いに会わないかな？　なんてことばかり気にして、小さな声で日高先生を大学以外の場所へ誘導しようとした。

「あの……。先生、今日はどこ泊まるんですか？　金沢観光するでしょ？」

しかし、私の思惑とは裏腹に、日高先生は即座に首を振った。

「そんなもん行かんでええわ」

「え」

「ホテル代高くて、何も取っとらん。お前んち泊めろ」

ぎょっとして、私は目を見開いた。

「は!?　どういうこと?」

「お前のアトリエどこや」

私の戸惑いなんかまるっきり無視して、日高先生はどんどん奥へ向かって歩いていく。

「ちょ、待ってよ!」

「しっかし……、こんな立派な大学で絵描けるなんて、お前ほんと親御さんに感謝しろよ」

エントランスにある大階段を上りながら、キャンパスを見渡して、どこか羨望《せんぼう》を滲《にじ》ませて日高先生が私を見た。

すると、そこへちょうど折り悪く、杉浦教授が現れた。

「……あれ、林くん?」

「教授!!」

ぎょっとして、私は目を白黒させた。

動揺する私に気づかず、日高先生が嬉しそうに小声で耳打ちしてくる。

「大学の先生か!」

「あっ、えーと……」

けれど、何か言う前に、日高先生はさっさと杉浦教授のもとへと向かって行ってしまった。

「いや〜、林がお世話になっちょります」

「ちょっと！」

日高先生を止めようと声を上げたのだが、遅かった。

「杉浦と申します」

杉浦教授が、礼儀正しく日高先生に応じてくれる。

日高先生は、杉浦教授に勝手にぺらぺら喋った。

「どうですか、林は。モノになりますか。こいつはスジはいいんですけど、どうもサボり癖がありまして……」

「やめてよっ！　教授、すいません！　さ、行くよ！　はい、行くよ」

「こいつの描いた……」

「はいわかったわかったわかったわかったわかった！　いい！」

私が強引に引っ張っても、日高先生はまだ話を続けようとする。

「すいません、先生！」

杉浦教授が、困ったように頭を下げた。

「あ、いえ」

日高先生に、私は急いで言った。

「喋らんで、もう！」

「せわしいな、お前は」

「もう！」

慌てて日高先生を杉浦教授から引き離した私は、人目を避けるため、油絵科へと連れていった。


油絵科の学生達がアトリエにしている教室に連れていくと──、日高先生はやっぱり大喜びした。

「こりゃええわ！　天井からいい光が入ってきてる」

日高先生はアトリエ教室を眺め、窓から差す太陽の光を確認して感嘆《かんたん》の声を上げた。

アトリエには学生一人一人の制作スペースが仕切りで用意してあって、それぞれに、イーゼルやキャンバス、画材などが並んでいた。

教室中が、油絵の具の匂いで満ちている。

感動した様子でアトリエ教室の様子を見て回る日高先生を見て、私は思った。

……何で、いちいちこんなに、感動するの？

自分が通うわけでもないのに……。自分は美大なんか出てないくせに……。

すると、怪訝に思っている私に、日高先生は驚くべきことを言った。

「お前、今日の夜、友達呼べ!!」

「えっ」

「俺が料理つくったる」

急にそんなこと言われても、困る。格好悪い気がして日高先生を美大の友達に紹介したくなくて、私は口ごもった。

「いや……。今日は土曜日だし、誰も学校来とらんし……」

しかし、やっぱり日高先生は、私の言葉なんて微塵《みじん》も聞いていなかった。

日高先生は教室を見回し、私の制作スペースを探した。

「お前の場所どこや」

「えっと……」

「これか！」

嬉しそうに日高先生が覗《のぞ》き込んだのは、私の隣の制作スペースだった。

そこを使っている学生は、物凄《すご》く制作に力を入れていると評判で……。自分の不甲斐《ふがい》なさを感じるのが嫌で、いつも視界から追い払っている場所だった。

そこに飾られている描きかけの絵を感心して眺めている日高先生に、……私はおずおずと自分の制作スペースを指し示す。

「……いや……。こっち……」

「？」

私の制作スペースには、隣と同様に、やっぱり描きかけの絵があった。

しかし、それは、誰がどう見ても適当で、乱雑に描かれた、未完成という以前の出来栄えの絵だった。

その上、私の制作スペースにある絵の具やパレットはどれも汚く固まっていて、ずっと触っていないことは一目瞭然《いちもくりょうぜん》だった。

俯《うつむ》きがちに、私は何とかごまかせないかとヘラヘラ笑って呟いた。

「まだ、描き始めたばっかりで……」

けれど、日高先生には、嘘もごまかしも通じない。

「なんや、これ……」

日高先生は、私が高校生だったあの頃と変わらない強い声で怒り始めた。私は、あの頃に戻ったように、ビクッと身をすくめた。

「お前、これ形めちゃくちゃやないか！　なんでこんな下手になってるんや!?」

日高先生の激高した声はよく通る。教室の前の廊下から学生が数人こちらを覗き込むのが見えた。

「先生、声大きい……」

大学の友達にこんなところを見られるのが決まり悪くて恥ずかしくて、私は小さくなった。

日高先生は、私の画材道具を見て叫んだ。

「筆も固まっとるやないか！　汚すぎるやろ！」

「それは……」

「バカッ！」

日高先生が私に突きつけるのは、いつだってごまかしようもないほど強烈な現実で……、現状で……、真実だった。

言葉の通りに本当にバカになった私を一喝し、日高先生は鬼のような形相で睨みつけてきた。

「道具の手入れもせんで……。何しよっとか、お前は！　パレットだって、ちゃんと手入れすれば何年も使えるとぞ！」

「……」

「座れ。今直せ」

「いいよ」

「いいから！」

「いいって！」

意固地になって、私は首を振った。

もう、日高先生の目を見ることができなかった。

受験のために日高絵画教室に通っていた頃とは、何もかもが違った。

金沢で美大に通う私は、あんなに必死じゃなくて、格好悪くなくて、斜に構えていて、何となくセンスのあるような振りをしている……、最高に格好悪い私だった。

私をイーゼルの前に無理やり座らせて、日高先生が怒声を上げた。

「見てやるけん。早《は》よ！　やれ！」

これが――これがお前に必要なことだ！　そう教えるような声が、何より煩《わずら》わしく感じて、私は絞り出したような声で叫んだ。

「もう！　いい！」

私は、日高先生の胸を押して立ち上がった。

その途端、肘《ひじ》に当たった筆立てがバランスを崩して倒れ、ガシャンと大きな音が鳴り響く。汚く穂先の固まった絵筆の数々が、無残にも床にばらばらと散らばっていく。

「……っ」

さらに無茶苦茶になってしまった自分の制作スペースを見て、私は堪《こら》えきれずに、アトリエ教室を飛び出した。日高先生が私の絵筆を拾ってくれているのにも構わずに。

何をどう察したのだろうか。

日高先生は、それから何も言わずに私についてきてくれた。

しばらく、私達は無言だった。

「……」

無言のまま、日高先生を私のアパートの部屋まで案内した。

そして、鍵を渡して、目も合わさずに私は言った。

「こたつでなら、寝ていいから」

日高先生に何か言われる前に、私は踵《きびす》を返して玄関を出た。

アパートのアトリエ部屋を見たら、日高先生は、ますます私に失望することだろう。

また怒られるかもしれない。考えたくなくて、私はとにかく冬の金沢を急いで走った。

逃げ込める場所なんて、この町では、数えるほどもなかった。


朝になってアパートに帰ってみると、愛用している小さなこたつには、誰の姿もなかった。

「……あれ？」

先生はどこに……と思った瞬間だった。

アトリエ兼寝室にしているもう一間《ひとま》に置いてあるベッドの布団がガバッとめくれた。

「誰や！」

「うわぁ!?」

思わず私が声を上げると、布団の下から現れたのは、寝起きで顔をくしゃくしゃにしかめたトレーナー姿の日高先生だった。ついむっとして、私は怒った。

「はぁ……、こたつで寝てって言ったじゃん！」

「こたつじゃここが、てげ寒いっちゃが！」

日高先生が、肩の辺りを寒そうに擦《さす》って、また布団に潜り込む。

「あぁー、信じられん。はぁー！」

そりゃそうだよ。だって、そもそも薄着すぎるもん……。

本当に何もわかってないんだ、日高先生は。

金沢のことも、……金沢での私のことも。


日高先生は起きて支度をすると、早々に家を出てしまった。慌てて見送りについていこうとすると、駅の構内に入る前に、雪の降る道中で日高先生が振り返って言った。

「ここでええわ」

「もう少し、いろいろ見てったらいいのに」

金沢は歴史ある美しい町で、観光名所も美味しい特産品も山ほどあるのに。

けれど、名残《なごり》惜しそうな素振りもなく、日高先生は笑って言った。

「明日からまた教室再開や。これ以上休んだら、あいつらまた下手になる」

「先生……」

もう一度引き止めようとして。でも、それを言う資格は自分にはない気がして、言葉に詰まる。

そんな私に気づかずに、日高先生はさらりと手を振った。

「じゃあな！　俺帰るわ！」

「うん」

拍子抜けするほどあっさりと去っていく日高先生の背中を、私は何も言えずに見つめていた。


ちっとも一緒に過ごさなかった私を怒る様子もなく、あっけらかんと宮崎に帰っていった日高先生を見送って部屋に戻ると……、私は息を呑んだ。

「……！」

小さなこたつのテーブルの上には、きれいなラベルの貼られた透明な瓶《びん》が置かれていたのだ。

それは、宮崎で人気の高い焼酎《しょうちゅう》だった。

日高先生は、お酒なんか飲めないのに。

私は、昨日キャンパスで交わした会話を思い出した。

あの時、日高先生は言っていた。

『──お前、今日の夜、友達呼べ!!　……俺が料理つくったる』

あぁ、そうか。あれは、そういうことだったんだ。

日高先生が宮崎に帰ってしまって、私はようやく悟った。

大人になった今ならわかる。先生は、私や他の美大の子達と、お酒を飲みながら絵の話がしたかったんだ、と。

自分のあまりの情けなさに、言葉もなかった。

遠い宮崎から、わざわざ会いに来てくれたのに。私は、誰にも先生を紹介しなかった……。

美大に通った経験のない日高先生は、この金沢で、美大で、何を見たかったんだろう?

何を話したかったんだろう?

きっと日高先生が憧《あこが》れたものを全部持っている、私と、私の美大仲間達と……。

部屋で一人になって、こたつの前に正座して、背中を丸めて、私は自分勝手な涙を零《こぼ》した。

――先生。私は、最低の教え子です。

第七章

就職する日がやってきた！

一九九六年一月

若さとは、愚《おろ》かなものだ。

日高《ひだか》先生が金沢《かなざわ》を発《た》った朝、胸を抉《えぐ》られるほど後悔したのに、私は、変われなかった。変わることが、できなかった。

日高先生が目の前からいなくなると、私はまた、絵も描かずに大学の講義もサボってばかりの、やる気のないだらけた美大生に戻っていた。

大学のアトリエにいる私に、詩織《しおり》や亜由美《あゆみ》が声をかけてきた。

「あぁ、いたいた！」

「あ、ねえねえアキコ。リリー行こう」

リリーというのは、大学から徒歩十分少々の場所にある喫茶店だ。

「お茶」

「リリー、リリー」

詩織と亜由美に誘われ、提出期限が近い課題があるのにも構わずに、私は頷《うなず》いた。

「あぁ……、いいね。行こー！」

「行こー！」

「お茶、お茶」

年を追うごとに仲良くなる詩織や亜由美とカラオケで遊び倒して飲みまくって、西村《にしむら》くんといっぱいデートをして、明るくて楽しい思い出ばかりを作って、……苦しいことや、現実からは逃げ回って。

なのに……、ここには、私を本気で叱《しか》ってくれる大人は、どこにもいないのだった。

タイムマシーンがあったら昔に戻って、昔の私に竹刀《しない》を一発お見舞いしたい。

そして、こう言いたい。『絵が描けないとしても、せめて漫画を描きなさいよ！』。

いつの間にかまた春が来て、金沢の町は桜で溢《あふ》れた。

美しい満開の桜を眺めて、それを絵には描かずに、私は西村くんと眺めて歩いた。

「桜きれいやわ」

「きれいだね」

「うん。きれい、きれい、きれい」

遊んで、歌って、踊って、デートして、買い物をして、漫画を読んで……。

一人暮らしのアパートにも、しょっちゅう詩織達を呼び、飲んでばかりいた。

「「かんぱーい！」」

三人で声を合わせて缶ビールを開けると、亜由美が首を傾《かし》げた。

「え、何に乾杯？」

「いや、鍋っしょ！」

「鍋？」

「はぁ～！　うんっま！」

私は唸《うな》った。二十歳《はたち》になってからはビールを飲むようになって、より不真面目さに拍車がかかっていた。

毎日毎日、遊んでばっかり。お前は、何のために美大に入ったんだ？

友達が帰っても、やることといえば、漫画を読むことばかり。

——でも、タイムマシーンってないからね。あの頃には戻れない。

漫画を読んで読んで、気がつくと季節はまた冬になっていて、私はこたつに潜り込んだ。

「さっむ……！　あぁー、寒い！　くぅう……」

一九九八年一月

もう金沢美術工芸大学の卒業式は、目前に迫っていた。

卒業間近の私に、日高先生は電話で聞いてきた。

『……お前、卒業したらどげんすっとか』

耳が痛い質問に、私はしどろもどろになった。

「……いや、まだ何も……」

するとゝ日高先生が、驚くような進路を私に勧めてきた。

『宮崎で先生やれ。美術教師の空きがあるから！』

「え？」

せ、先生……？　それって、高校時代にお世話になった、美術部顧問の中田《なかた》先生みたいになれってこと？

考えたこともなかった未来を提示され、私は目を白黒させた。

『俺の知り合いが、宮崎の女子校の美術の先生やめるから。戻ってこい。俺から言っとくわ！』

「えっと……」

『そしたら、ずっと絵描けるぞ！』

嬉《うれ》しそうに、日高先生が言う。

日高先生はまだ、私が画家になりたくて美大に通っていると思っているのだ。

「……」

『卒業しても描けよ。林《はやし》』

本当のことを言おうか、迷う。でも、宮崎を離れてからもずっと私のことを見捨てずに考えてくれていた日高先生の気持ちを思うと、何も言えなかった。

「……うん」

日高先生の勧めに、ついに私は小さな声で頷いたのだった。

何もやらなかった私に……、日高先生に本当のことを言えるはずもなかった。

一九九八年三月

こうして、とうとう、最愛の西村くんとの別れの日がやってきた。

二人でいつもデートしていた川原《かわら》の土手に出て、それからゆっくり橋を渡った。

橋の上から流れる川を眺めて、私は西村くんと見つめ合った。

いつもの優しい表情で、西村くんが少し寂しそうに微笑《ほほえ》む。その何万倍も寂しい顔をしていたであろう私は、涙で目を潤ませながら泣きごとを零《こぼ》す。

「先生になんか、なりたくないんよ……」

すると、西村くんは、私をじっと見つめた。

「アキちゃん。アキちゃんは、漫画家になれると思うよ」

「え……」

「アキちゃん、人間観察ばっかりしてるから。それって、漫画家に必要なことだと思う」

私は驚いた。大人になって初めて、誰かに夢を追う背中を押してもらえた気がした。

「絶対、諦《あきら》めちゃだめだよ」

西村くんが言うなら、きっと頑張れる。

私は、こくんと小さく頷いた。

また私達は見つめ合って……。やがて、西村くんは、私をぎゅっと抱きしめてくれた。

その温《ぬく》もりに、私は誓った。

「離れ離れになっちゃうけど……」

「うん」

「お金貯《た》めて、必ず会いに来るからね」

「うん」

私が言うのを、何度も頷いて、西村くんは、全部優しく、受け止めてくれた。

金沢と宮崎……。ネットも携帯もない時代の遠距離恋愛。

うまくいく確証は、どこにもなかった。

＊＊＊

宮崎に帰ると、日高先生が推薦《すいせん》してくれた就職先のことを詳しく聞くために、私はまず日高絵画教室を訪れた。

日高絵画教室では、相も変わらずたくさんの生徒達が絵を描いている。教え子達に指導していた日高先生は、私を見て事もなげに告げた。

「あぁ、美術の先生の話な。それならなくなったわ」

相変わらずストレートな日高先生の言葉に、私は言葉を失った。

「は……!?」

今さら!? もう宮崎に、帰ってきちゃったのに!?

「俺はお前を推しとったんやけど、こないだ、そこの校長の姪《めい》っ子か何かがやることになって」

「待ってよ。じゃあ、私はどうなるわけ?」

「これぱかりはどうしようもならんわ。お前、せっかく来たんやから、これでも描いてけ」

絶句している私に、日高先生はそう言って、棚から取り出してきた真っ白な肋骨《ろっこつ》のような棘《とげ》が並ぶ骨貝《ほねがい》を渡してきた。

「……はぁ……」

もう、言葉もなかった。

だけど、文句を言う筋合いも、ないのかもしれない。

だって、私は大学を卒業するまで、就職活動どころか、就職先探しだって、一切やってこなかったのだから……。

日高絵画教室のアトリエスペースになっている大部屋で、否応《いやおう》もなく私はイーゼルに向き合うことになった。日高先生に手渡された真っ白な骨貝を、目の前に置いて。

「……」

ふと見渡せば、このアトリエ部屋は昔と変わらずきちんと掃除されていて、昔と同じように、動物の骨や石膏《せっこう》像が棚にずらりと並んでいた。

美大を志望しているであろう現役の高校生達に交じって、懐かしい顔もまだ残っていた。

あの頃ティッシュ箱を描いていた児玉《こだま》さんは、今もティッシュ箱を描いていた。

だけど、児玉さんのデッサンは、当時とは明白に違っていた。パースもきちんと取れていて、格段にデッサン技術が上がっているのが見て取れた。

児玉さんも、成長しているのだ。

それじゃ、私は？

そう思って、あの頃に戻ったように骨貝のデッサンをしようとしたのだが……。

ブランクのせいか、簡単には集中力が戻ってくれない。

ふと横に視線を向けると、側《そば》で木炭を構えている高校生の女の子が、石膏像のデッサンをしていた。

その可愛《かわい》らしい髪の長い色白な女の子は、どうやら石膏像の形をとるのに苦戦しているようだった。木炭を軸に右目を閉じたり、左目を閉じたりして、首を傾げている。

彼女が抱いているだろう違和感に、私も首を捻《ひね》った。

「……ん？」

彼女のデッサン方法を見てつい私が声を出してしまうと、その女の子が怪訝《けげん》そうにこちらを見た。

「……？」

「あ、ごめんね」

「はい」

「石膏の形とる時は、右目なら右目って決めとかんといかんよ」

「え……」

「あなた、今、右で見たり左で見たりしよるから。目と目の間数センチ開《ひら》いてるから、その分形がずれるんよ」

私がアドバイスをすると、彼女ははっとしたように目を見開いた。そして、片目ずつ閉じてみて確認して、ようやく違和感の正体に気づいたようだ。

「本当や……。ありがとうございます」

「うん」

感動したようにお礼を言った彼女を見て、いつの間にか後ろに立っていた日高先生が、怒声のような声を上げた。

「林！」

「あ！　ごめんなさい！」

つい条件反射で謝ると、日高先生が感心したように叫んだ。

「お前教えるのうまいなっ！」

「……え」

褒められた？　そう戸惑っていると、いつでも即断即決の日高先生が、嬉しそうに続ける。

「——ここで働けっ!!」

「……え？」

他に行く当てもない私は、結局、ありがたく日高先生の申し出を受けることにしたのだった。

一九九八年四月

そうしてまた、高校の頃のように、日曜の朝っぱらから日高絵画教室に通う生活が始まった。

宮崎の雄大な自然の中をまっすぐ通る細い道を、私は自転車で走った。

まーた、ここに戻ってきちゃった。

美大にまで行ったのに。

日高絵画教室に入ると、美大合格を目指して一生懸命に絵を描いている生徒達を、あの頃と変わらず日高先生が厳しく指導している。

「だから違うやろ！　ちゃんと見えちょっとか？」

「すいません」

叱られた生徒がうなだれる。

日高先生がスパルタ指導で絵を描く姿勢を教え子に叩き込むと、その後で私は、技術的な指導を付け足した。

「──ここの輪郭《りんかく》を太くしたり細くしたりすると、奥行きが出るんよ」

「はい」

「うん」

私が通うようになってから、日高先生は、お昼ご飯を私の分まで用意してくれるようになった。

先生は、コンビニやスーパーで買ったものは、絶対食べなかった。

いい魚が手に入ると、立派な包丁で手ずからさばいてくれた。

その日の昼、大きな鰹《かつお》を日高先生が嬉しそうにまな板の上にどんと置いた。

「おい、おさえろ！」

「はい！　……おぉぉ、美味《うま》そうや」

日高先生に言われて、私も魚をさばくのを手伝った。

毎日、ここで先生と一緒に過ごしている。

なぜだろう。

気がつけば、人生に迷った時……、いつも私はここに戻っている気がした。

食卓について、昼食用にお造りにされた美しく輝く新鮮な鰹の刺身盛りを、私と日高先生は一緒に食べた。

「ん～！」

私が舌鼓《したつづみ》を打って唸《うな》ると、日高先生も嬉しそうに頷いた。

——その日食べた鰹の刺身は、これまで食べたどんなものより美味《おい》しかった。

毎日昼になると、日高先生はあの頃と変わらずに、絵画教室に通っている生徒達のためにお茶を淹《い》れていた。

一緒に働くようになって初めて知ったのだが、絵画教室に置いてある湯呑《ゆの》みは、そのすべてが日高先生の手作りだった。どれにも個性があって、趣《おもむき》がある。

両手で包むように持った湯呑みを、私はじっと見つめた。

日高先生の庭は、色とりどりの季節の花が咲いて、爽《さわ》やかな香りが満ちている。

庭に植えた枇杷《びわ》の木が立派な実をつけるのは、初夏。

脚立《きゃたつ》に上った日高先生が、次々に枇杷の実をもいでは、投げ落としてくる。その下に立たされた私は、ざるを持ってそれをキャッチしていく。

「おっ！　お、おっ！」

「落とすなよ！　林！」

「投げんでよ！」

落としそうになると日高先生が怒鳴って、それに私が逆切れして、慌《あわ》てて庭を駆け回って。

台所で剝《む》いてもらった枇杷の実を食べると、それは、スーパーで売っているものとは違う、鮮烈な自然の味がした。

先生の周りはいっつも、本物ばかりだった。なんだったんだ……。

なんだったんだろう。あの、美しい日々。

＊＊＊

ある日、日高絵画教室での仕事を終えて実家に帰ると、リビングに不穏な空気が漂っていた。

いつになく厳しい顔をした両親が、正座してテーブルの前に並んでいる。

「アキちゃん！　ここ座んなさい」

「え……？　え？　何？」

私は目を瞬《またた》いた。二人とも柄にもなく腕組みなんかしちゃって、眉間《みけん》に深い皺《しわ》を寄せて険しい顔をしている。

すると、父が重々しい口調で私に告げた。

「林明子《アキコ》さん。あなたは来週から、お父さんの会社のコールセンターで働いてもらいます！」

えっ、コールセンターに、来週から？

突然すぎる展開に、私は思わず声を上ずらせた。

「え、ちょっと待って……」

「なんや！　なんか文句でもあるとか!!」

口答えは許さないという毅然《きぜん》とした態度で、父が言った。

「お父さん!?　お母さん!?　何で急に厳しい感じ……」

突如《とつじょ》急変した両親の顔をおろおろ見比べていると、続けざまに叱責が飛んでくる。

「当たり前やろがっ！　高い金払って美大にまで行かせたっちゅーのに、ろくに就職活動もせんで、この……、この、親不孝者！」

そ、そんな、ぐうの音《ね》も出ない正論を、ここに来て!?

驚いている私に、母も畳《たた》みかけてくる。

「プー太郎《たろう》だけは許さんよ！」

「ああそうや！　今ここに我々、プー太郎だけは許さない連合が発足《ほっそく》ですからね！」

「そうや！」

息ぴったりな両親に詰められ、私は頭を抱えて絶叫した。

「……いや――っ!!」

一九九八年六月

宮崎人の親でも、『無職』の娘は許さない。

こうして両親の手によって私がぶち込まれたのは、絵に描いたような飾りっ気のない灰色のオフィスビルだった。

シンプルなグレーの制服に身を包んで、ビジネスライクな黒いパンプスを履《は》き、私は毎日コールセンターに通った。

真っ黒なヘッドフォンをつけて、インカムマイクに向かって使い慣れない敬語で喋《しゃべ》る。

「お客様センターの林と申しま……、はい、え？　あ、それは……。すいません、もう一回いいですか？　……」

やたらと早口な電話口の声を聞いて何とかメモを取ろうとしていると、私の応対に苛立《いらだ》った様子の女上司が横に現れて、大きな舌打ちをしてきた。

ワンレンボブカットのきつい顔立ちをしたその女上司は、私のデスクからさっさとジャックを抜き、自分のヘッドフォンのジャックに差し替えた。

「失礼いたしました。本日はどのようなご用件でしょうか？　はい、はい。大変申し訳ございません。あぁ、はい……」

声が一段高くなって、流れるように滑らかな口調で女上司が喋る。その姿を見て、私はつい小声で愚痴《ぐち》をぼやいた。

「……美大出ていきなり会社員なんて、無理やって……！」

＊＊＊

コールセンターでフルタイム勤務を終えると、休む間もなく、私は日高絵画教室に向かった。

日高先生は、私が仕事でどんなに疲れていても、容赦《ようしゃ》がなかった。

その夜は石膏の型取りをするために、専用液剤が入ったバケツの中のドロドロの液体に、両手を突っ込まされた。

「ああ！　冷たい……」

この作業は、液剤が固まるまでが大変なのだ。きれいに型を取るために、絶対に動いてはいけない。口をとがらせている私に、日高先生の怒声が飛んでくる。

「動くな！　もうちょっとや！　これでええデッサンモチーフになる……」

隣では、まだ教室に通っていたらしい川崎《かわさき》くんが、またしても顔の型を取られている。液剤塗《まみ》れになって鼻の穴まで塞がれていて、口に咥《くわ》えたストローから川崎くんの呼吸が大きく聞こえた。

「ん――っ、ふ――っ！」

「こら、川崎！　動くな！」

「……川崎くん！」

もがこうと身じろぎした川崎くんを、日高先生がさらに怒鳴った。

「ストロー摘《つ》まむぞ！」

「ん――!!」

「動くなって！　もっとたっぷり乗せろ！」

容赦なく、日高先生が生徒に次の工程を指示する。川崎くんの勇姿に、私もあと少しだけ頑張ろうと気合いを入れたのだった。

日中はコールセンターで働き、夜は日高絵画教室でひたすら生徒達に絵の指導をする生活に、私は眩暈《めまい》がしそうになっていた。

コールセンターでは、毎日耳にたこができるほどに怒られた。

「……林さん！　何遍《なんべん》言えばわかるんですか？」

「はい」

「あんな対応じゃ、お客様は納得されませんよ」

「すいません」

「しっかりしてもらわんと！」

「はい」

コールセンターで慣れない電話応対に苦戦しては上司に叱責され、退勤後に疲れきって通う日高絵画教室では、立ったまま寝そうにすらなった。

就職したけど、絵画教室もやめるわけにはいかず。

もう、きりきり舞いなんてもんじゃなかった。

絵画教室に来て絵を描いていても、恐ろしいはずの日高先生の叱責すら、遠いところで聞こえるようだった。

「……こら！　肩の位置が違うやろ！　見たまんま描け！」

毎日遊ぶヒマもなく、会社と教室の往復。

やっとのことで実家の玄関にたどり着くと、よろよろと重い足取りで階段を上って、私は自分の部屋でついにバタンと倒れ込んだ。

「……」

一瞬意識が飛び、本気で死んだと思った。

……が、目が覚めた。死んでなかった。

なのに、起き上がれない。

立ち上がる力が身体《からだ》のどこにも残っていないのだ。

ぼんやりと、何時間床の絨毯《じゅうたん》を見つめていただろうか？

極限まで追い詰められ、ボロボロになった私は——。

気づけば、自然と机に向かっていた……。

身体のどこにも残っていなかったはずの力が、ふいにめきめきと湧いてきた……そう、火事場のバカ力が。

机の上に置いた紙とシャーペンと消しゴムを見つめる。

「ふぅ……」

一コマ描き始めたら、もう止まらなかった。

学生時代、あれだけ時間があっても一切描かなかったのに……。それが私にとって、今の状況を変える唯一の方法だと本能的に思ったのか、私は漫画を描いていた。

夢へ向けて、というよりも、現実から逃避……、いや、脱出するために、私は猛然と、漫画を描いて描いて描きまくった。

疲れきっているはずなのに、家に帰ると毎晩私は必死で机に向かった。

自分でも信じられないほどのスピードで、シャーペンでページを埋めていく。

憧《あこが》れの少女漫画雑誌『ぶ〜け』の新人賞の応募要項を確認して、私は目を剝いた。

「黒インク……。……え、インク？」

慌てて机の上を探ると、ペン立てに挿さった水性ボールペンしかなかった。

「ま、いっか……」

これだって、充分立派な黒インクだ。そう思って、私は下書きにペン入れを始めた。

気がつけば、魂《たましい》の叫び声が、口から勝手に漏《も》れ出ていた。

「会社やめたい……会社やめたい……会社やめたい……会社やめたいいいいい!!」

次の夜も、私はただひたすらに漫画原稿を作り上げていった。

画材屋さんで買ってきたスクリーントーンをカッターで切って、原稿に次々貼りつけていく。

勢いをつけてあっという間に最後の工程までこぎつけて、私は何とか漫画原稿を完成させた。

「……できた！」

こうして私は、初めて描き上げた漫画を、集英社《しゆうえいしや》の新人賞に応募したのだった。

……それから、しばらく経《た》ったある夜のことだった。


コールセンター勤務と日高絵画教室の指導役をこなして疲れきって帰宅した私に、父が報告してきた。

「アキコ選手～。なんか、東京のなんとかっていう会社から電話きとったぞ」

「なんとかって？」

疲労困憊《ひろうこんぱい》でなかば眠りながら聞くと、父が首を傾げながら自信なさそうに答えた。

「シュー……、シュー、シュー、シューエーシャとか、なんか……」

「シュッ!?」

その瞬間、一気に目が覚めた。大急ぎでパンプスを脱ぎ捨てて、私は家の中に駆け込んだ。

電話にかじりついて留守電ボタンを押すと、……しかし、メッセージは一件も残っていなかった。

『用件は、録音されていません』

「……え!?　あれ!?」

驚いて留守電ボタンを連打していると、父が教えてくれた。

「あぁ、早口でなんて言いよるかわからんかったから、消しましたよ」

「消した!?」

「いや、東京弁の早口の男がなんて言っちょっかわからんもんですから、ええい、もう消してしまえと」

「集英社って聞き取れてんでしょうが！」

思わず激高して、私は、呑気《のんき》にお茶をすすっている父に摑《つか》みかかった。

「危ない、お茶、お茶危ない！」

「何で！　も～!!」

「お、痛い痛い痛い痛い」

父をリビング中追いかけ回したけれど……、もちろん、消えた留守電が戻ることはなかった。

＊＊＊

翌日、コールセンターに出社した私は、隙《すき》を見て会社から集英社に電話をかけた。

雑誌『ぶ〜け』の編集者の岡《おか》という人につないでもらって、私はあわあわと昨晩電話をいただいた旨《むね》を伝えた。

「えっと、つまり、その——」

『三席での入賞になります。おめでとうございます』

低くて格好いい声で言われて、私はおろおろと聞き返す。

「えっ……!? あ、あの……、三席って確か……」

『はい。デビューに該当《がいとう》する賞になりますが、今回例外で、見送らせていただきます』

「えっ」

『率直に、絵がひどすぎる。印刷に耐えうることができないって感じ』

「……!?」

え……、東京の編集者、声は格好いいのに言うことがきつい……!!

『つーかさー。君、これ何で描いてる? つけペンじゃないよね』

「あっ、えっと、あの、すいません……」

家にちょうどあった水性ボールペンで描きました、なんて、とても言える空気じゃなくて、私は言葉を濁《にご》す。

『いいや。そういうわけなので……、すぐ次の作品送ってくれる？　いいもの持ってるとは思うからさ。頑張って』

「……いいものを持ってる……？」

さすが東京の編集者！　厳しいだけじゃなくていいこと言う！　と思っていると、岡さんは続けた。

『あ、それと今回の賞金だけど』

「え？」

『九万円だから、振込先《ふりこみさき》教えてくれる？』

「きゅっ……、九万円!?」

想像だにしなかった金額に、私は息を呑《の》んだ。凄《すご》い。凄い凄い凄い、大金だ！

「九万……、九万……」

電話を置いてゆっくりとオフィスを歩き出すと、だんだん堪《こら》えきれなくなって、私はスキップを踏んで上司の隣の自分のデスクに戻った。

「……漫画家人生の……、はじまりじゃあ!!」

やっと来たんだ！　あるべき私の栄光人生が!!

「――何ですか？　林さん！　……せからしか」

隣で上司の舌打ちが聞こえ、私は椅子《いす》に座って肩をすくめたのだった。


高校時代に行きつけだったいつものファミレスに緊急招集した北見《きたみ》と今《いま》ちゃんに、私は自分の名前が載った雑誌『ぶ～け』を見せつけた。

やっと、やっと、やっと、夢が叶ったんだ！

いきなり九万も手に入れて、未来は明るいとしか思えない！　これから売れっ子漫画家になって、大活躍しまくるんだ！

近い未来の展望を私が熱弁すると、北見が相変わらず冷めた態度で言い放つ。

「そんな甘くないやろ」

北見らしい突っ込みに、私は目を細めた。

「もりさがるわ……」

「九万ぽっち、すぐなくなるやろ」

「あんたは高校ん時から本当変わらんね」

すると、あれからさらなる成長を遂げて、ずいぶん凜々《りり》しい青年になった今ちゃんが、私を見て微笑んだ。

「でも、三席って。凄いっすよ」

素直に褒めてくれた、すっかりとがったところのなくなった今ちゃんを見て、私は思わず感心した。

「今ちゃん、あんたは本当変わった。成長した」

私が褒めると、今ちゃんは思い出したように何かをカバンから取り出した。

「あっ、そうだ。あの……、林先輩」

「ん？」

私が首を傾げると、今ちゃんは立派な装丁の分厚いカラー画集を差し出してきた。

「これ、こないだスペインに行った時に、先生に買っとけって言われて。……渡しといてもらえんですか」

「いいけど、自分で渡せば？　先生も喜ぶっちゃない？」

私がそう勧めると、事情を知っているらしい北見が、今ちゃんにも鋭く突っ込んだ。

「今ちゃんあんた、先生と会うとあの件で喧嘩《けんか》になるから会えんちゃろ」

「え？」

よく事態の呑み込めない私に、今ちゃんがバツが悪そうに説明してくれる。

「こないだ、電話でめちゃくちゃ怒られて……」

「なんで？」

「いや……。結局……、地球に、何も起こらんかったから……」

「……」

少し考えてから、私ははっと思い出した。それって、まさか。

「……え、ノストラダムス⁉　まだその話してんの⁉」

「あの時の百五十万、払えって」

今ちゃんが複雑な表情を浮かべてこっくり頷いたのを受けて、私は思わず北見と目を見合わせた。

「おかしいんじゃ、あの人……」

いつもまっすぐすぎるほどにまっすぐで嘘《うそ》がない人とはいえ、いくら何でも嘘がなさすぎる。さすがは、日高先生だ。

今ちゃんと別れ、人もまばらな夜更《よふ》けのアーケード通りを、私は北見とだらだらと歩いた。少しは私のことを案じてくれているのか、北見が私に聞いてきた。

「……先生は、なんて言っとると？」

「何が」

「漫画のこと」

いつもながら鋭い北見の指摘に、私は肩を落として白状した。

「……言ったことないんよ、先生に」

「えっ、言ってないと？　あんたが漫画家になるために美大行ったの、知らんわけ？」

驚いたように、北見が目を丸くする。

私は、ため息を吐いて答えた。

「漫画なんてそんげなくだらんもん描くなー！　とか……、言われたくないし……」

私が大好きなものを、あのまっすぐな日高先生に、何と言われるのかが怖かった。それに、日高先生をがっかりさせたくない気持ちもあった。

私の顔色を窺《うかが》いつつ、北見が首を傾げた。

「……今どんぐらい通ってるん？　絵画教室」

「ほぼ毎日」

「それ、漫画と両立できるわけ？」

「うーん……」

それは、私もずっと悩んでいることだった。

すでに、思うように漫画を描くための時間は取れていない。睡眠時間を削っても、全然足りなかった。

私がずっと漫画家を目指してきたことを知っている北見が言う。

「漫画、会社、教室やろ……。三足の草鞋《わらじ》は無理やって。漫画に集中した方がいいっちゃない？」

……北見の言うことは、いつだって痛いくらいに本質をついている。

ずっと先延ばしにしてきたことを、どこかで言わなければならないのは、自分でもわかっていた。

でも、勇気が出なかった。どうしても。

数日後、今ちゃんが買ってきてくれた画集を、私は笑顔を作って日高先生に手渡した。

「今ちゃん、多摩《たま》美大に入ってスペイン留学なんてすごいよね！　こんな高い画集まで買ってきてくれて……。本当いい子になったわ～！」

「こりゃええ……。礼は言っとくわ。でも、それとこれとは話が別や」

「……！」

ぎょっとして、私は日高先生をまじまじと見つめた。ま、まさか、やっぱりまだ、ノストラダムスのことを根に持ってるの……!?

「あいつは俺に、地球は終わるとはっきり言った。でも、地球は終わらんかった。約束の百五十万、絶対に払わせる！」

唖然《あぜん》として、もう、言葉もなかった。日高先生は、いつでも日高先生だ。

日高先生の前には、描きかけのキャンバスがあった。

描かれているのは、美しい、澄んだ宮崎の海だ。それは、高校時代に日高絵画教室へ通っていた頃、私が時々ぼやきに行っていた、森を抜けた先にある白い浜辺だった。

その砂の上には、美大を卒業してここへ戻ってきた日に日高先生が渡してくれた、あの骨貝が描かれている。

片膝《ひざ》を立てて、日高先生は真剣な表情で再び描きかけのキャンバスに向かった。

デッサンに集中している日高先生を見て、少し逡巡《しゅんじゅん》して……。

意を決して、私は自分が新人賞の三席に入賞した号の『ぶ〜け』をカバンから出そうとした。

「……先生。あのさ、実は……」

「林」

「ん？」

こちらを振り返りもせず、日高先生は言った。

「お前、ちゃんと絵描きためとけよ」

「え？」

「二人展《ふたりてん》やるからな」

「いや、いいよ。私、今いろいろと忙しくて……」

出鼻をくじかれて、勇気がなくなって、私は大事な雑誌をカバンの奥に戻した。

日高先生は、絵のことしか頭にない。

日高先生は、真っ白な棘が並んだ魚の骨のような、あの骨貝を描いていた。私がこの間描いたデッサンよりもずっと素早く正確に、骨貝の姿が再現されていく。

「……忙しくたって、絵を描く時間だけは確保しろ！　絵は毎日描かんと、どんどん腕が鈍るんやから」

日高先生は、いつだって真実をまっすぐに教えてくれる。

漫画家になりたいなんて、今さら言えなかった。

「……」

もう、言えないんなら、漫画も絵もやればいいんだ。

無理やりに、逃げるように、私は自分にそう言い聞かせた。

第八章

めくるめく漫画家の世界

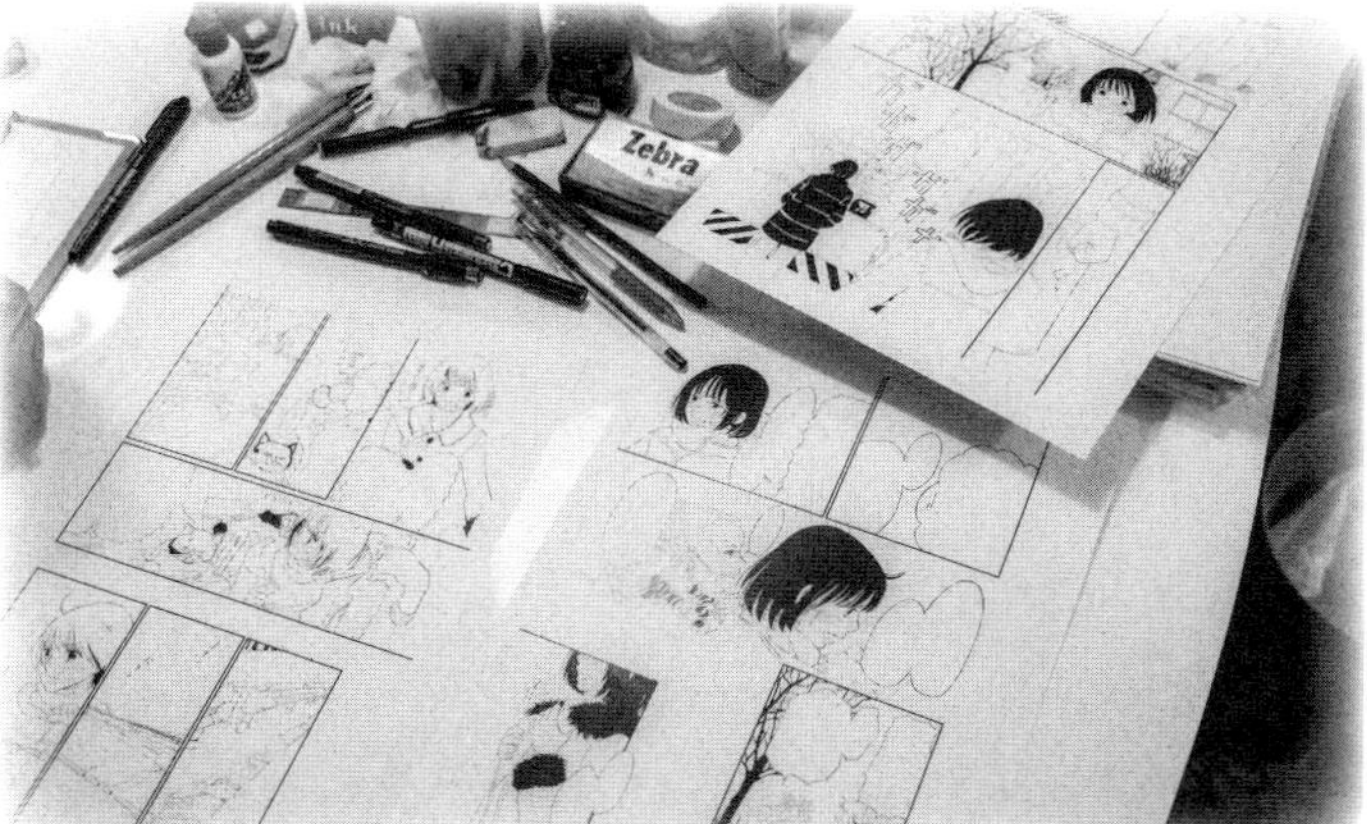

一九九八年十一月

北見《きたみ》の言う通りだった。

コールセンターと日高《ひだか》絵画教室での仕事を終えて帰った実家で眠気と戦いながら仕上げた漫画原稿は、あっさり担当編集の岡《おか》さんに切り捨てられてしまった。

『んー、ボツ』

「え!?」

『東村《ひがしむら》さんさ、絵の練習、ちゃんとしてる？　前にも言ったよね』

電話の向こうの岡さんに厳しく言われ、私は慌《あわ》てて説明した。

「あの、私、絵画教室ずっと通っとって、デッサンとか、結構練習してきたんですけど……」

『そんなの関係ないよ』

「……」

関係、ない？　嘘《うそ》……。

ショックを受けている私に、岡さんは淡々と続けた。

『君ね、漫画舐《な》めちゃダメだよ。漫画で食っていきたいなら、すべてを犠牲にしても漫画に打ち込まないと。……とにかく、どんどん描いて送って』

岡さんはそれだけ言うと、電話をガチャッと切ってしまった。

呆然《ぼうぜん》と受話器を見つめ……、でも、あらためて現実を思い知った。

両方は、無理なんだ。

＊＊＊

私が描く漫画に出てくる男の子は、いつもどこか、最愛の彼氏・西村《にしむら》くんに似ていた。爽《さわ》やかで、格好良くて、優しくて、背が高くて……。

漫画の中に描き出した西村くん似のキャラを見つめながら、私は久しぶりに西村くんに電話をかけた。

西村くんとは、時々電話で話していた。

「——ん〜。ずいぶん遠まわりしてしまったわ……。私が絵でやってきたことって、漫画の世界ではなんも役に立たないんよ……」

金沢《かなざわ》で別れてから、ずいぶん時間が経《た》った。

喋《しゃべ》りながら、私は電話の向こうに立っている西村くんの姿を想像する。

会社勤めになった西村くんはきっとスーツ姿も板についた頃だろう。

ばりばり働いている格好いい社会人らしく髪型もきっちりまとめて、あの美形振りが何割も増しているであろうその姿が、目に浮かぶようだった。

『そんなことないよ。美大でやってきたことも、きっと無駄にならないって。アキちゃん、面白いから。ギャグセンスなら、誰にも負けないじゃん』

私を励ます西村くんの声が、優しく響く。

西村くんが恋しくて、私は泣きそうになった。

「ありがとう……こんなこと相談できるの、西村くんしかおらんよ。うん。うん。西村くんも、お仕事頑張ってね……」

『うん……またね』

名残《なごり》惜しく電話を切ると、ベッドに突っ伏して、私は甘えるように受話器を抱きしめた。

「はあああ!!　やさしいいいい!!」

神がかり的な優しさだ。こんなにも私の夢を理解して応援してくれるなんて、西村くんは心も格好いい。

岡さんに言われた締め切りも近い。すべてを懸けて、無我夢中で、私は漫画を描きまくった。まるでペンを叩きつけるように、描き殴るようにして……。

ただただ、必死だった。

ペンを滑らせるたびに、次々と原稿が仕上がっていく。漫画の中で、大人になった西村くん似のヒーローが微笑《ほほえ》んでいる。

けど……。

金沢まで会いに行く時間も全く取れなくて、結局そのまま自然消滅してしまった。

そんな悲しみも絶望も、私は全部、白い紙にぶつけた。ただひたすら、死に物ぐるいで、描いて、描いて、描いて——。

でも、さすがに火事場のバカ力だけでは、そう長くは続かなかった。

なにしろ、コールセンターと日高絵画教室を終えてから、漫画を描いているのだ。

無理がたたって、だんだん、描きながら寝て、寝ながら描いているという瞬間も増えていった。

はっと目を覚ますと、……すっかり夜更《よふ》けになっていた。

まずい。このままじゃ、締め切りに間に合わない！

錯乱《さくらん》した私は、両親に助けを求めるために、階段を駆け下りた。その途端に足を滑らして、ずどどどっと階下まで一気に落っこちる。

「……何の音ね！　え!?」

「え？」

寝間着姿でくつろいでいた両親が、大慌てでリビングから飛び出してくる。階段の下で死体のように伸びている娘の無残な姿を見て、父が絶叫《ぜっきょう》した。

「アキコ————!!　なんばしよっとか!!」

「あらー!!」

母も叫ぶ。二人は床で伸びている私を見て動揺した。

「お、お、お？　大丈夫か？」

「アキちゃん！　アキちゃん！」

「アキコ！」

両親に揺さぶられて、私はよろよろと起き上がった。

慌てて、母が私を介抱してくれる。母を涙目で見上げて、私は決死の思いで訴えた。

「時間がないんよ……。今晩中にトーン貼って、明日郵便局に出さんと……」

「トーン？」

小首を傾《かし》げて考えて、やがて、母が私にカーディガンをかけてくれた。

「アキちゃん、ね……」

決意したように頷《うなず》き合うと、両親は二階の私の部屋へと駆け込んで、完成間近の漫画原稿を引っ摑《つか》んで戻ってきた。

覚悟の面持《おもも》ちで、リビングのテーブルに私の漫画原稿を二人が並べていく。

何とか立ち上がって自分もリビングへ入ると、私は目を見張った。

「……!?」

何と、私の漫画原稿に、母がしゃもじでせっせとスクリーントーンを貼り始めたではないか。生真面目な母は、一生懸命に漫画の描き方教本やスクリーントーンの入っていた袋に書かれた使用方法を確認しつつ、切り取られたトーンの端を持ち上げた。

「お母さん……」

「アキちゃん、漫画って大変なんやね。私達には、これぐらいしかできんから」

「……ありがとう……」

母の愛情にうるっと目が潤んで、私は大急ぎでテーブルの前に座って原稿の仕上げに取りかかった。

父も、私を手伝おうと張り切っている。

「さ〜私達がアキコ選手を助ける時が来ましたよ！　こう見えても私は中学校の時、写生大会で金賞を取った……」

娘を励ますようにいつもの調子で喋っていた父の手が滑って、夜食に食べていたらしいぜんざいの汁が原稿の上にびゃっと散る。

「あぁぁ!!」

私が悲鳴を上げた後ろで、両親がバタバタと駆け回った。

「布巾《ふきん》、布巾、布巾！」

「私のぜんざいがーっ!!」

原稿ではなくぜんざいを心配する父に、私は叫んだ。

「ぜんざいはどうでもいいわ！」

するとと、我に返ったように、原稿を指差して父が言った。

「これ、ちょっとちゃ、茶色くなっちゃった……」

「もぉぉぉ!!　はぁぁぁ!!」

大慌てでドタバタしながら――、それでもなんとか三人で、額《ひたい》を寄せ合うようにして夜通しで漫画原稿の仕上げ作業を続けたのだった。

時には汗だくになり、時にはぜんざいに塗《まみ》れながらも、ようやく完成させた、血と汗と涙の結晶の漫画原稿は……、とうとう私の夢を叶えてくれた。

発売日の朝に駆け込んだ本屋で、一目散に店頭に平積みされた『ぶ～け』の最新号を開いて中を確認すると、私は感極まって泣きそうになった。

「……っ!!」

声も出ないくらいに、感動していた。

とうとう、私のデビュー作が『ぶ～け』に掲載された。

ついに、ついに、ついに……、子供の頃から抱いていた夢が、現実になったのだ。

『ぶ～け』を片手に、私は宮崎の雄大な海へと突っ走っていた。

喜びと感動が爆発しまくって、浜辺に仁王《におう》立ちして自由の女神みたいに『ぶ～け』を掲げて、私は宮崎の海に叫んだ。

「これで、会社辞められる——!!」

最高に至福の瞬間だった。

＊＊＊

それからしばらく経ったある日。実家にかかってきた岡さんからの電話を受けて、私は目を瞬《またた》いた。

「パーティー?」

『そう。集英社《しゅうえいしゃ》の記念パーティー。東京なんだけど、来れる?』

「えっと、あ、はい！　ぜひ……」

思ってもないお誘いに、私は電話の前で身を乗り出すようにして何度も頷いた。

『うん。東村さんさ、こっちに出てくる気ない?』

「え……」

『プロとしてやっていくなら、東京出てきてもっと漫画の勉強しなくちゃ。編集部も、君に期待してるんだよ！』

「あぁ……、ありがとうございます」

ここまで凄《すご》く厳しかった岡さんが、自分に対して大きな期待を寄せてくれているのがわかる。

嬉《うれ》しかったし……、それ以上に、漫画に集中して、全身全霊で打ち込んでみたかった。今なら、これまでできなかったことができる気がした。どうしても、何もかもを投げ打ってでも、やってみたかった。

なら……、いつまでも先延ばしにしないで、日高先生のところへ行かなければならない。

もう、決めなくちゃいけないんだ。


「……」

結局あの岡さんからの電話から何日も置いて、私はようやく日高先生に『ぶ～け』を手渡すことができた。

日高先生が、私の描いた漫画を、いつにも増して険しい顔で睨《にら》みつけている。

やがて読み終えたのか、顔を上げた。

「……これ、お前が描いたとか」

「うん」

どぎまぎしながらも頷いて、私は日高先生の顔色を窺《うかが》った。

「……すごいやないか！」

「えっ……？」

予想外の反応に、私は目を瞬いた。

「お前、これで、いくらもらっとんや」

「十二万……」

「そうなんよ」

「十二万！　そんなにもらえるとか」

「そりゃいいわ。どんどん描いたらええ！」

「本当に？」

日高先生が微笑んでくれたことに、私は安堵《あんど》した。わかってくれないと思っていたから、すぐには信じられなかったけれど、ずっと緊張していた肩の力が抜ける。

「おぉ、コレで毎月稼げ」

「うん」

「そしたら、その金でいくらでも絵描けるわ！」

「……」

その言葉に、私は硬直した。

日高先生には……、やっぱり伝わっていなかった。

私の戸惑いに気づかず、日高先生は嬉しそうな顔のまま続けた。

「これで会社辞めても、絵の具もキャンバスも買えるな！」

「いや……。違うよ、先生。漫画も結構、真剣に取り組まんといけんくて……」

私は、急いで説明した。

自分の気持ちじゃなくて、漫画業界の話に、ついすり替えて。

「先生は漫画読まんからわからんかもしれんけど、今って、漫画家さんでもうまい人いっぱいおるんよ。もう芸術の域って感じで、漫画もめっちゃ修行が必要っていうか……」

私が言うと、日高先生は少し考えてから、真剣な瞳でこちらを見た。

「林《はやし》。俺は漫画が悪いとは言うちょらん。そっちはそっちでやっていいから、空いた時間で描け。絵は、毎日描かんとダメや」

「……」

駄目だ……。日高先生には、やっぱりわかってもらえないんだ。

漫画家になりたい本心は隠したまま、私は言った。

「……先生。私……、東京へ行こうと思ってます。……二人展《ふたりてん》とかも、できんかも」

日高先生は、眉間《みけん》の皺《しわ》を深く寄せて聞いてきた。

「……どれぐらいで戻ってくるんや」

その質問に、私の本音が心の中で勝手に答えた。

たぶん、ずっと、……と。

でも、そんなこと、口に出せるわけがなかった。またごまかして、私は言った。

「半年くらい、とか」

「……わかった。じゃ、二人展は帰ってきてからでいいわ」

「あ……、先生。半年っていうのは、目安で」

急いで言い直そうとした私の声を遮《さえぎ》って、日高先生が続けた。

「あいつらの受験までに帰ってこれるならいいぞ」

「いや、あの……」

「あいつら、俺の教え方じゃ全然上達せんから。こっから本気出させせんと受からん！」

「……」

わかってる……わかっていたことじゃないか。日高先生は、まっすぐで、嘘がない、裏のない人なんだから。

上辺だけの言葉をいくら並べたって、日高先生には伝わらない。

唇を噛《か》んで黙り込んだ私に、日高先生が怪訝《けげん》そうに眉をひそめている。

その目を見られないままに、私は絞り出すように呟《つぶや》いた。

「……なんでそんな一生懸命みるの？　月謝五千円でしょ？　そこまですることないって」

「……何言っとるんや、お前」

一度本音を口に出してしまうと、止められなかった。私は、堰《せき》を切ったようにずっと胸の内にあった思いを吐き出した。

「先生が生徒さん達合格させたって、美大出たって、画家になんて今どきなれんとよ。だって、食ってけないじゃん。仕事になんないんだから。絵描いたって、お金になんないじゃん」

私が私なりに知っている現実をぶつけると、日高先生は怒鳴った。

「バカッ！」

「！」

「そんなこと考えんな！　描け!!」

「何で!?」

「いいから描け！　描けって！　いいか？　画家っちゅーもんはな……！」

「だから、画家になんてなりたくないんだって！」

「なんやとっ！」

日高先生が、目を見開く。

「私はずっと、漫画家になりたかったんよ！」

やっと吐き出せた、小学生の頃から抱いて温めてきた夢の話は、日高先生を責めるような口調になってしまった。

こんな風に、言いたかったわけじゃないのに……。

日高先生が、怒鳴り返してきた。

「……漫画？　お前、ずっとデッサン描いてきたやないか！　ここでずっと描いてたやないか⁉　なんのためにうちに通ってたとか、お前はっ‼」

「先生の夢、壊したくなかったからよ‼」

「――……」

驚いたように、日高先生が私を見ているのがわかる。

とても見返すことなんてできずに、私は、全部日高先生のせいにして、叫んだ。

「結局、先生は……。私達に自分の夢を押し付けてるだけじゃん‼　……もう嫌なんよ……。そうやって、先生に縛られるの。私は……、漫画家になりたいんよ……」

もう、言った端から後悔しかなかった。

何で、こんなこと言ったの？

何で、こんな風にしか言えなかったの？

それなのに……、私は、止まれなかった。

「……みんなが、……先生みたいにはなれんとよ」

これだけで、よかった。これだけ言えば、よかったのに。

私のことをわかってくれようとしない、私が何を感じて、何をしたいのかを聞いてくれない日高先生に、ずっと不満はあった。

だけど、自分だって、ずっと言えなかったくせに……。

黙っている日高先生に背を向けて、私は絵画教室を出た。

……日高絵画教室の前の道を、私はとぼとぼと歩いた。このまっすぐに続く道を歩いて、深くて濃い緑が茂る森を抜けると……、海へ出る。

高校時代、私がよく通った、あの白い海辺だ。

日高先生に怒られた日には、絵画教室の帰りにこの浜辺に座り込んで一人で拗《す》ねたり、海に向かって文句をぶつけたりしたものだ。

「……」

真っ白な浜を、さざ波が優しく濡《ぬ》らしている。

海はどこまでも続いて、水平線の彼方《かなた》で空と溶け合っていた。

懐かしいその宮崎の海を眺めて、私は息を吐いた。

先生から、離れよう。

漫画で成功したら、きっと先生も認めてくれる。恩返しは、それからいくらだって、できる。

浜辺には、穏やかな潮風が吹いていた。

一九九九年四月

飛行機で東京へ向かった。

この日のために気張って買ったグリーンの花柄のドレスを着て、私はパーティーの行われるホテルへと駆け込んでいた。

東京の出版社がパーティーを開くホテルは一流で、エントランスの車寄せには高級車ばかり。ロビーには見事な生け花が飾られていた。

それらをじっくりと眺める余裕もなく通りすぎて、私はいそいそと招待状を取り出した。

「三階……、三階……」

エレベーターがなかなか来ずに時間に遅れそうになって、私は階段を駆け上がった。

何とか無事に大広間までたどり着き、思わず足を止めた。

「……っ!!」

眩《まばゆ》いばかりに輝く豪華なパーティー会場に、華やかにドレスアップした漫画家の先生達や編集者達が集まっている。

まるで、本当に自分が漫画の世界に迷い込んでしまったみたいだった。

自分が浮いていないかドキドキしながら受付を済ませると、私に気づいたらしい編集者の男の人が挨拶《あいさつ》してきた。

「……ようやく会えたね。東村先生」

その声で、彼がずっと自分を担当してくれていた岡さんだとわかる。

ブラウンのスーツを都会的に着こなした岡さんは、敏腕編集者らしい風格に満ちていた。

初めて会う岡さんにますます緊張して、私は慌てて頭を下げた。

「このたびは、呼んでくださりありがとうございます」

「な〜に緊張してんの。あ、そうだ」

思いついたように言って、岡さんは近くにいた若い派手な女性に声をかける。

「――石田《いしだ》さん」

「んー？　メンフィス！」

石田さん、と呼ばれた彼女は、革張りのソファーにゆったりと腰かけてシャンパングラスを傾けていた。長く伸ばした髪は明るくウェーブがかかっていて、パーティーとは不釣り合いなタンクトップとデニム姿だった。

でも、不思議とお洒落《しやれ》に決まっている。そして……、腕には、ファラオ風の人形が抱きしめられていた。

「何それ？　――彼女、東村アキコさん。いろいろ相談乗ってあげて」

その謎の人形にきょとんとしつつ、岡さんが石田さんに私を紹介してくれる。石田さんは、ぱっと笑顔になって立ち上がった。

「あ！　読み切りに載ってた子やろ！」

そうですけど……、いや、その前に、石田さんって、もしかして⁉

身を乗り出して、私は感激の声を上げた。

「……あ、石田拓実《たくみ》先生ですか！　作品全部読んでます！」

「え⁉　ほんま⁉　嬉しいわ～！」

彼女は、私がずっと憧《あこが》れていた漫画家の一人だった。

すでに酔っ払っているらしい石田さんは、顔を輝かせるように微笑み、なぜだか抱えているファラオのような人形を差し出してきた。

「メンフィス！」

「だから何それ？」

岡さんが困惑した表情を浮かべる。

「今日エジプト展行ってきて」

石田さんは、目を丸くしている私達を見て、当たり前とばかりにそう説明した。

「あぁ……」

岡さんと一緒になって頷くと、石田さんが人形を私に押しつけてくる。

「メンフィス。これ抱く？」

「あ、ありがとうございます！」

「うん」

戸惑いつつも受け取ると、岡さんも微笑ましそうに漫画家仲間ができた私を見守ってくれていた。

憧れていた人達と、間近で話せる喜び。

それは、よりよい漫画を描くための、最大にして最高の刺激だった。


東京で借りたマンションの作業部屋で、私はひたすら漫画を描きまくった。

「うわぁ！　……やっちゃった」

そんな風に、原稿にインクをぼたっと零《こぼ》すようなミスもまだまだあったけど、全然めげなかった。

誰にも邪魔されることなく、漫画が描ける幸せ。

無我夢中で漫画を描くと、それが雑誌に載る。

創刊されたばかりの『Ｃｏｏｋｉｅ《クッキー》』という少女漫画雑誌にも、私の描いた漫画は掲載してもらえるようになった。

「っしゃ！」

発売日に本屋に走って、誌面を確認し、私はこぶしを握る。やればやるだけ手応《てごた》えがあって、漫画を描く力がついていく実感があった。

自分の漫画が載った雑誌を抱えて家まで帰る時、いつも近所の川の前を通った。水面《みなも》を目で追うと、私は足を止めた。

「……」

その川は、東京湾を目指して、どこまでも流れていく。

どこか大淀川《おおよどがわ》に似ていて、通るたびに、宮崎のことがよぎったけれど、それでも私は……、漫画を描く以外のことは何もしなかった。

矢が飛ぶように、時間が、季節が、目にも留まらない速さで過ぎていく。

東京に来てから、明らかに担当編集の岡さんからの電話も増えていた。

『――この間の読み切り、アンケートすっごい良かったよ』

「本当ですか？」

『次は長いのやってみない？』

私が頑張れば頑張るほど、岡さんはたくさんのチャンスを与えてくれた。そのほとんどすべてに、私はすぐに頷いた。

「はい！　やらせてください！」

ばりばり漫画を描いて、漫画仲間達と東京の街を遊び歩いて、めいっぱいに楽しんで……。

パーティー以来仲良しになった石田さんとは、それはもうしょっちゅう遊んでいた。

石田さんと一緒に回る、雑誌に載っているような東京のデパートやレストランは、どれもこれも私の目には新鮮で、輝いて見えた。

「——アッコちゃん、これえぇんちゃうん？」

石田さんが、流行の店で見つけた服を私に勧めてくれる。そのデザインを見て、私は歓声を上げた。

「あ、可愛《かわい》い！」

「いい！」

買い物に行けば石田さんが私にばっちりハマるアドバイスをしてくれるので、最先端の服や靴やバッグを山のように買い込んだ。

東京での暮らしは、楽しかった。

個性的で、センスがあって、人目を引くようなデザインに私は惹《ひ》きつけられた。

原稿料で買い物して、その経験を、また紙の上に乗せる。

私の原稿には、都心のデパートのショーウインドーを飾るような、きらきら光るファッションやメイクをしたキャラクター達が描かれるようになった。

キャラクターが昨日の私みたいに、生き生きと遊ぶ。

漫画に登場する笑ったり泣いたりお洒落したりするヒロイン達は、東京に出てきた、私自身だった。

私の漫画は、私自身と一緒に、どんどん、どんどん、変わっていった。

私はすっかり先生のことを忘れていた。

二〇〇三年三月

その夜、私は担当編集の岡さんに誘われ、都内の有名なレストランでディナーを食べていた。

レストランの窓から見える東京の絶景に見惚《みと》れながらいただく最高のディナーに、私は頬《ほお》を緩ませせっ放しだった。最近は漫画家としての活動にも手応えがあって、そんな私を、岡さんが褒めてくれた。

「いやー、東村さん、東京出てきてオシャレな絵、描けるようになったじゃん」

「なんか、私……。もろに、自分のことが作品に出ちゃうタイプなんですかね……」

「いいじゃん」

「え？」

微笑んで、岡さんは頷いてくれた。

「紙の上に自分を落とせてこそだよ」

「そうですか……」

そうか。私が今やっているのは、そういうことなのか。

何となく腑《ふ》に落ちて感慨《かんがい》にふけっていると、食事をする手を止め、ふいに岡さんが真剣な表情になった。

「単刀直入に聞くけど、巻頭百ページ、いける？」

「……え？」

驚いて、私は目を瞬いた。

巻頭というと、当然、その号の一押し漫画ということだ。そんな大きなチャンスを、私にくれるなんて……！

でも、いっぺんに百ページの原稿なんて、まだ描いたことがなかった。

すると、ためらっている私を力づけるように、ここまでいつも見守ってくれていた岡さんが言った。

「……今の東村アキコなら、できる」

＊＊＊

東京のマンションに帰ると、私は一人で部屋を歩き回った。

「どうしよ……どうしよ、百ページって。はぁ……やばいやばい。……絶対無理や……はぁ」

百ページもの長編漫画ともなると、ストーリーも絵も、どのくらい時間をかければ形になっていくのか、おぼろげにしか想像できない。

それに、雑誌の巻頭掲載となると、当然カラー原稿も入るのだ。

巻頭に載るのだから、人目を惹きつけるようなものに仕上げなくてはならない。

そこまでの大仕事、自分にできるだろうか……。

でも、一方で、思った。

漫画雑誌の巻頭掲載ともなれば、その号の主役だ。漫画雑誌を買ってくれたほぼ全員が私の漫画を読んでくれるだろうし、書店やコンビニで見かけた人の記憶にだって、少しは残るかもしれない。

どう考えたって、これは凄い大チャンスだ。……絶対、やってみるべきだ。

おろおろとしながらも、自分がどうするべきか、決断は固まりつつあった、その時だった。

ふいに、携帯電話が鳴った。

「……」

何となく、予感があった。

きっと、日高先生だ。

おずおずと、私は電話に出た。

「……先生？」

やっぱりそれは、日高先生だった。

耳慣れた声が電話の向こうで響く。

『おー、林、元気でやっとるか』

「お久しぶりです」

『お前、絵、描いちょっとか？』

「あ……。ごめん。最近は、漫画の方がちょっと忙しくって……」

私が口ごもると、日高先生は事もなげに言った。

『そうか。まあええわ。……あんな、林』

「うん」

『——俺な、ガンになったわ』

頭の中が真っ白になった。

携帯電話を持ったまま立ち尽くして、思わず声を漏《も》らす。

「え……」

固まっている私に、日高先生は普段と変わらない口調で、あっけらかんと続けた。

『肺ガンや。調子悪いと思って病院行ったら、もう末期《まっき》らしいわ』

「え……ガンって」

それも、末期？

日高先生の声がいつもと同じすぎて、何を言われているのか、まだ頭にきちんと入ってこなかった。

『あと四か月だと』

「……」

『だからよ、林。お前、近々《ちかぢか》顔出してくれんか。次いつ帰ってくっとか』

「え、え、あ……、あの……」

『新しく入ってきた生徒が本当に出来が悪いからよ。受験までになんとかせんと』

こんな時にまで絵画教室の教え子達のことを考えている日高先生の声を、私は慌てて遮った。

「ちょっと待って。そんなことより……」

『お前、教室継《つ》いでくれ』

「……」

『お前しかおらん。とにかく、こっち帰ってこい』

日高先生はそう言うと、一方的に電話を切った。

呆然としたまま……、私はふらふらとベッドに突っ伏した。

日高先生が肺ガンって……、本当に？

それも、もう末期って……。あんなに強くて、まっすぐな人が……。

日高先生が言うのだから嘘はないとどこかでわかっているのに、いつまで経っても、私は現実を受け入れることができずにいた。

第九章
日高先生

行かなきゃ……、何とかして、宮崎に帰らなきゃ。

その一心で、私は睡眠時間を削って、ひたすらに巻頭百ページの原稿制作にのめり込んだ。

やっとのことで完成させた原稿を岡《おか》さんに送って、私は宮崎行きの飛行機に飛び乗った。

脇目も振らず、私は日高《ひだか》絵画教室に向かった。

私は信じられなかった。酒もタバコもやらない先生が……。

教室に向かって走るタクシーの車窓を流れていく、懐かしくて温かい故郷の風景を見つめながら、私は祈った。

きっと、嘘《うそ》だ。何かの間違いだ。

大急ぎで絵画教室に入ると、私は日高先生の姿を探した。

「……」

家の中は、しんと静まり返っている。

今日は、珍しく誰も来ていないようだった。

やっとのことで探し当てた日高先生は……、自分のアトリエ部屋にいた。

中を覗《のぞ》き込んで、私は呆然《ぼうぜん》とした。

布団を敷いたままの部屋で、日高先生が、キャンバスに向き合っている。

――先生は……、……絵を描いていた。

それは、大きな大きな、宮崎の海だった。

どこまでも澄んで、美しく、白いさざ波を立て、浜辺を濡《ぬ》らしている。

そこには、日高先生の世界が広がっていた。

今にも潮風の音が聞こえてきそうな、磯《いそ》の香りすら漂ってきそうなそのキャンバスの前で、日高先生が、命を懸けて、魂《たましい》を込めて、描いている……戦っている。

「……」

病に冒《おか》された日高先生の背中は、瘦《や》せて、小さくなってしまっていた。

ずっと、日高先生は、強くて、怖くて、まっすぐで、嘘がなくて、スーパーマンみたいな人だと、思っていたのに。

私は――……、日高先生が、私をおぶってくれた日のことを思い出していた。

高校生だった私は、仮病を使って、この絵画教室から逃げようとしたのだ。嘘をついたずるい私を、日高先生は疑いもしないで、あの力強い背中におぶって、バス停まで息を切らせて歩いてくれた。

その日高先生の背中は……、今はひどく弱々しくなってしまっている。

すると、私がいることに気づいたのか、日高先生が咳《せ》き込みながら振り返った。

「おう、林《はやし》か。ちょっと待っちょってくれ」

パレットに絵の具をのせ、色を作って、筆でキャンバスに線を引く。日高先生は、震える手で、ただ絵筆を動かし続けていた。

骨が浮き出て見えるほど痩せ細ってしまった日高先生の肩にかかった、いつも着ている渋い緑のジャージが床に落ちる。

それをそっとかけ直し、私は日高先生を呼んだ。

「……先生」

「林、お前、絵は描いちょっとか」

「いや……。今は……」

「そうか。二人展《ふたりてん》は、間に合うかわからんな」

日高先生が、笑って言う。

私は、悲しいのも、申し訳ないのも、悔しいのも、情けないのも、全部怒りに変えて……叫んだ。

「先生、入院とかせんでいいと？　なんで家にいるわけ？」

「何でって。ここにゃ生徒もおるし、絵もここじゃないと描けんやろが」

「何言ってんの……？　わかってる？　ガンなんでしょ!?　教室なんか……、絵なんか描いちょる場合じゃないがね!!　入院して、ちゃんと治療してよ！」

「もう時間がないからよ」

「……っ！」

……やっぱり、本当だったんだ。

日高先生は、静かに言った。

「……あと何枚描けるかわからんから」

絶望して、声を失くしていると、……電話が鳴った。私の携帯だった。

着信画面を見ると、岡さんの名前が表示されている。

日高先生が、キャンバスに向かったまま聞いてきた。

「出んでいいとか」

「いや……」

「俺に気つかうな。出ろ」

「……ごめん」

日高先生の邪魔をしないように少し離れて、私は電話に出た。

「……はい」

その途端だった。岡さんの慌《あわ》てたような声が、電話の向こうから聞こえてきた。

『――東村《ひがしむら》さん、大変！　届いた原稿、絵が抜けてるとこあったよ！』

「えっ、本当ですか!?　すいません……！」

驚いて、私は岡さんに謝った。

ミスの詳細を聞きながら、私は焦って頭が真っ白になってしまった。

背中を、変な汗が伝う。

『もう印刷所回さないとだから!』

「じゃ、えーと、東京戻ったらすぐ描いて送ります」

どうしようか考える間もなく、私はそう答えていた。

『今夜中に送って!　頼むよ!?』

「はい」

電話を切ると、日高先生が言った。

「……お前も忙しいんやろ。急に呼んで悪かったな」

「……」

今もなお絵を描き続けている日高先生のことが心配で、気が気じゃなかった。なのに、もう帰らなくてはならないなんて、申し訳なくて、胸が苦しい。

でも、他にどうしようもなくて、私は東京に帰ることにした。

……自分のせいで雑誌に穴をあけるわけにはいかない。

空港へと戻るために呼んだタクシーに乗り込み、私は窓から顔を覗かせて日高先生に言った。

「……絶対病院に行ってね。行ってよ」

「わかった、わかったから行け」

「絶対行きなよ」

「わかったって。出してください」

日高先生が、タクシーの運転手さんを促《うなが》す。

飛行機の時間がある。車が動き出して、私は身をよじって後ろを振り返った。

痩せ衰《おとろ》えてしまった日高先生が、庭の緑の中に立って小さくなっていく。

日高先生が、口に手を当てて、私に何かを言っていた。

ただひたすらに、きっと、いつものように、強く、まっすぐに。

東京へ戻る私を見送ってくれる日高先生から、いつまでも目を逸《そ》らすことができなかった。

でも、日高先生のその声が聞こえることは……、なかった。


飛行機で、私は東京のマンションに飛び帰った。

絵が抜けていた原稿は無事に直して、雑誌の巻頭を見事に飾ることができた。けれど。

それから、東京に戻った途端、締め切りに追われて私はなかなか宮崎に帰れなくなった。

描いて、描いて、描きまくった。漫画の世界に身体《からだ》ごと飛び込んでしまったようになって。

考えるより先に動くペンの先で、みるみるうちに、キャラクターが描かれていく。
今思えば、先生のガンのことを考えたくなくて、仕事に逃げていたのかもしれない。
電話の一本くらい、入れたらいい。
そう思うのに……、日高先生が死に近づいていくのを、知りたくなかった。
元気になると、この期《ご》に及んでもなお、信じたかった。
いつだって、日高先生は、私に現実を、真実を、事実を教えてくれていたのに。
現実から逃れるようにして、私はただひたすらに、漫画を描き続けた。

二〇〇三年八月

気がつけば、夏になっていた。
その時任されていた漫画原稿を描き上げたところで、携帯電話が鳴った。
「……」
どうして、わかるんだろう。
わかってしまうんだろう。
覚悟を決めて、私はその電話に出た。

「……はい」

窓の向こうを見上げると、東京の街を覆《おお》うように、青い空が広がっていた。

＊＊＊

――宮崎で執り行われた葬儀《そうぎ》には、日高先生の教え子達がたくさん集まっていた。

日高先生の遺影は、いつもと変わらず、鋭い眼光でこちらを睨《にら》みつけていた。

花やしめやかな線香の煙に囲まれた黒い額縁の中の日高先生を、喪服を着た私は、呆然としながら見つめていた。

涙は、出なかった。

北見《きたみ》や今《いま》ちゃんも参列していたのに、話もせずに、私はただ、ずっと椅子《いす》に座ったまま黙っていた。

葬儀が終わって誰もが席を立って、すすり泣く声も聞こえなくなる。

それでも、私は立ち上がることができなかった。

日高先生。

日高先生がいなくなって、私は――私達は……、これからどうすればいいんですか？

＊＊＊

葬儀の後、日高先生の教え子何人かで、思い出深い日高絵画教室に集まることになった。お世話になった日高先生のことを、みんなで語り合うために。

日高先生が作った湯呑《ゆの》みで献杯し、巻き寿司《ずし》を少しつまんだ後で、私は日高先生が遺《のこ》してくれた形見を取りに立ち上がった。

大部屋はたくさんの動物の骨や鳥の羽などのモチーフに満ちていて、大きな窓の向こうには、あの深い緑に彩られた庭が見える。絵画教室を歩き回っていると、無数の懐かしい思い出が、鮮明に思い出されてきた。

「みんな、形見分け取りに来て」

私が声をかけると、集まったみんなが顔を上げた。

「はーい」

私は、『北見』と日高先生の字で書かれた箱を彼女に手渡した。

「ほい」

「ありがとう。あっという間やったなー」

久しぶりに会った北見は、喪服を着ていることも相まって、以前より一層落ち着いて見えた。

「結局、病院入らんかったんやって？」

席に戻って私が聞くと、側《そば》にいた今ちゃんが頷いた。

「はい……」

「先生が死んじゃうなんて、実感ないですよね」

そう言ったのは、私が日高先生と一緒に指導していたあの髪の長い女の子だ。私は彼女に答えた。

「本当よ。三百年ぐらい生きそうやったのに」

日高先生には、そうあってほしかったのだ。

日高先生が遺した品が入った箱をそれぞれが手にし、開けていった。

「……うわぁ、俺の顔のデスマスクや」

驚いたように言ったのは、二度も顔を石膏《せっこう》取りされた、川崎《かわさき》くんだ。

彼が取り出したぽかんと口を開けた顔の石膏像を見て、私達はふっと笑い合った。

まるで、日高絵画教室での苦しくも懐かしい日々に、戻ってしまったようだった。

形見の中には、私宛《あて》のものもあった。『林へ』と書かれたその箱を、私はそっと手に取った。

開けてみると、真っ白な骨貝《ほねがい》が入っていた。

「……」

それは、最後に会った時に、日高先生がキャンバスに描いていたものだった。

「……今ちゃん、こないだ先生と会ったたっちゃろ？」

北見がふと顔を上げて今ちゃんに聞いたので、私は目を瞬《またた》いた。

今ちゃんが、集まったみんなに向けて、頷《うなず》く。

「ああ……、はい。先週、初めて友達とグループ展やったんですよ」

その日を思い起こすように視線を宙へと馳《は》せて、今ちゃんは語った。

彼が仲間達と借りた個展会場はかなり広く、たくさんの人が集まってくれたらしい。

そこへ、車椅子に乗った日高先生が来てくれたのだという。

『——先生、わざわざ来てくれたんですか。ありがとうございます』

今ちゃんがそうお礼を言っても、日高先生は少し頷くだけで、声を発することすらほとんどできなかったそうだ。

あの力強かった視線もどこか弱々しくなって、顔色からは血の気が失せて、それでも日高先生は、今ちゃんの描いた絵を見てくれたという。

「そこで、ライブペインティングとかして」

今ちゃんの説明を聞いて、私達は『ええ!?』っと声を上げた。

「ライブペインティング!?　今ちゃん、そんなのするの？　若《わけ》ぇ！」

私が目を見張ると、今ちゃんは苦笑した。

「友達同士で開いたグループ展やからさ……」

「うっー。先生のいる前で」

日高先生の目の前で描くなんてと、北見が顔をしかめて言う。

今ちゃんが肩をすくめた。

「よりによって、その日に来るとは思わんし……」

「うー、おっそろしー！」

私も、思わず叫んだ。私がその状況になったら、完全に固まる。

絵画教室に通っていた頃、竹刀《しない》を振り回し絵や床を叩きながら私達を指導していた日高先生が胸に蘇《よみがえ》る。

教え子達の誰もがその瞬間を思い出したのか、みんなで笑い合った。

すると、今ちゃんが、おずおずと告白した。

「俺……実は……。最近、全然絵描けんくて」

「ふーん。そうなんや」

北見が相槌《あいづち》を打つ。

「スペインまで留学したのに、描きたいものなくて。スランプっつーか……」

苦しそうに呟《つぶや》いた今ちゃんを励ますように、私は頷いた。

「わかるー。私もそうやったもん」

「その時も……。お客さんも見とるしさ、俺、何描いたらいいかわからんくなってしまって……」

気がつけば、いつの間にか……、そう語る今ちゃんの唇は、震えていた。

彼は、仲間達が用意してくれた真っ白で巨大なキャンバスの前で、何もできなくなって、ただペンキを持って立ち尽くしていたらしい。

観《み》に来てくれた人達の囁《ささや》き合う声だけがやたらと大きく感じられて、呆然としてしまったそうだ。

描けない現実が、描けない自分が、怖くて……、怖くて。

たった一人で彼が立ちすくんでいると……、ふと、日高先生が自分をじっと見ていることに気づいた。

その瞬間のことを思い出しているのか、今ちゃんが、わずかに息を詰まらせた。

「そしたら先生が、俺のこと手招きして……。今思えば、死ぬ直前やから。もうほとんど……、声もかれとるんよ……」

先週、というなら、……本当にもう身体がつらかっただろう。

そんな中で、車椅子に乗って、教え子の絵を観に行ったのだ。日高先生は。

今ちゃんは、息をつめて、日高先生が何を伝えようとしているのか、聞きに行った。

『……今村《いまむら》』

ほとんど音の乗らない声を絞り出して、日高先生のかさかさに乾いた唇が、かすかに動く。その日高先生の口に耳を押し当てて、今ちゃんは言葉を待った。

「したら……。先生……。……聞こえるか聞こえないかの小さい声で……。……俺に……」


「『描け』──……って」


言い終わった今ちゃんの瞳から、大きな涙の粒が溢《あふ》れ、零《こぼ》れ落ちていった。

「……」

その瞬間、私の耳にも響いた。

何百回も、何千回も聞いた、日高先生の声が。


『──描け！』

あぁ……、そうだ。

いつだって、日高先生は、私達に言ってくれていた。

『お前何しよっとか？　コラ！　いいから描け！』

『わからんなら、描け！　描け描け描け！』

『明日また来い。明日からまた描け』

『お前が描かんと、真っ白なままやろが！』

『バカ！　そんなこと考えんな！　描け！』

『描け！』

『描け！』

『描け！』

……最後に会った、あの時もきっとそうだった。

『――絶対病院に行ってね。行ってよ』

『わかった、わかったから行け』

『絶対行きなよ』

タクシーに乗って空港へ向かう私を見送ってくれた日高先生の言葉は、私には届かなかった……そう思っていた。

あの時、日高先生は、私の姿が見えなくなるまでずっと、叫んでいた。

死が近づいて弱った身体で、きっと、力の限り、叫んでくれていた。
日高先生が、まっすぐに、強く、私に。

『描けよー！　描けよ、林ー！　描け――!!』

日高先生の声がはっきりと耳に蘇って、私の目から、ようやく涙が零れた。
一粒涙が落ちたら、もう止まらなかった。
私は子供みたいに泣いた。
みんなも泣いていた。
集まった日高先生の教え子みんなで、わんわん泣いた。
「先生……、どうして行っちゃったの……っ」
日高先生。日高先生っ。日高先生……！
私達みんな、先生がいなきゃ……、絵なんて描けない、ダメな奴らなんだよ……。
この絵画教室にまだ、日高先生がいて、私達を見て、叱《しか》ってくれている気がして、私は
日高先生を呼んだ。

「……行かんで、先生……。置いてかないで……」

その日は、夜が更《ふ》けるまで、私達はずっとずっと、いつまでも、日高先生との思い出を語り続けた。

泣いて、笑って、でも……、やっぱり泣いて。

話は、いつまでも尽きることはなかった。

東京へ帰ると……、また、漫画家としての日々が始まった。

慌ただしくて、必死で、一生懸命で、がむしゃらで、無我夢中の毎日だった。

それから何年も、私は漫画を描き続けてきた。

きつすぎる締め切りも越えて、自分の漫画に全力をぶつけて、私はただひたすらに、前へと進んだ。

どれだけハードでも、辛いことがあっても、描くことだけはやめなかった。

苦しくてつらくて涙が止まらなくても、もがくように、あがくように、私は進み続けた。

そうして、いつの間にか漫画を描く作業場はどんどん広くなり、たくさんのアシスタントを雇うようになって……。

日高絵画教室で私が教えたあの髪の長い女の子、佐藤《さとう》さんは絵を描き続けて、私のアシスタントを務めてくれるまでになっていた。

私と一緒に東京で成長し、いつの間にかずいぶん大人っぽくなった彼女が原稿を差し出しながら言う。

「――先生、これ、チェックお願いします」

「うん」

「次の連載、内容、決まりました？」

「まだ。エッセイみたいな自分の話にしようっていうのだけ、決まっとるんやけど」

私が答えると、彼女は小首を傾《かし》げた。

「あー……。自伝的な？」

「そうなるんかねー」

私の作業部屋に飾られている、日高先生からの形見分けの品――あの真っ白な骨貝を、彼女が手に取って眺めた。

「そしたら、絵画教室のことも描かないとですね。よくこういうモチーフ、描かされましたよね」

「近くの海に行って、よく拾ってこさせられたわ。先生とは、結局一回も行かんかったけど……」

今も、瞼《まぶた》の裏には、日高先生が最期に描き上げた、あの美しい壮大な宮崎の海の絵が焼きついている。

さざ波が、白い浜を濡らしている。潮風の香りさえ漂うような、海の音が聞こえるような、日高先生の魂すべてが込められた、素晴らしい絵だった。

そして、浜辺には、この白い骨貝……。

感慨深く目を細めた私に、佐藤さんが言った。

「先生のこと、描かないんですか？　……日高先生のこと。描いてくださいよ。だって、あんな人、いないじゃないですか」

「いや……。私は絵やめた人間やし……。先生のこと、語る資格なんて……」

「アキコ先生、一回宮崎帰ってゆっくり考えてみたらどうですか？　最近ずーっと忙しかったし」

日高先生のことを知る彼女が、微笑《ほほえ》んで言う。

佐藤さんは、そっと私のデスクに骨貝を置いた。

私は、黙ってただ、真っ白な骨貝を見つめた。

「……」

＊＊＊

それからしばらく経《た》って、私はスケッチブックを持って自分自身と向き合っていた。

あの日の日高先生のように、片膝《ひざ》を立てて、背中を丸めて。

作業台にしているデスクの上には、あの日、佐藤さんが渡してくれた、真っ白な骨貝がある。

——先生。

私は、心の中で、日高先生に問いかけた。

声が聞こえるのを、祈って。

……先生のこと、描いていい？

エピローグ

に。

まるで、あの頃、日高《ひだか》先生が教えてくれたように、デッサンで、石膏《せっこう》像の形をとるよう
スケッチブックをじっと見つめながら、私は、そっとペンを動かした。

「……」

まだ受け入れられていない、消化しきれていない思い出もあった。

悩んで、辛くて、悔しくて、苦しくて、悲しくて、もう耐えられそうになくて――……。

あぁ、あの頃も、そうだった。

私は、悩むたびに、あの浜辺に行ったんだった。

不貞腐《ふてくさ》れて、愚痴《ぐち》を零《こぼ》して、不満を吐き出して、子供みたいに拗《す》ねて。

「……」

私は、スケッチブックにペンを走らせながら、何度も日高先生に語りかけた。

目を閉じると、宮崎の海が浮かぶ。

いつの間にか、私の耳には、さざ波の音が聞こえてきていた。

このさざ波の音にかき消されるように、いろんなことをぼやいたものだ。

初めて絵画教室に行った日は、本当に面食らった。制服姿のまま、原付《げんつき》で走る日高先生を追いかけて……。

毎日、毎時間あのドスのきいた声で叱《しか》られた。鬼教官みたいな教え方なのに、お茶なん

か淹《い》れてくれたりして。

それから、忘れられない、あの仮病事件。日高先生は、肩で息をしながら私を背負って、バス停まで連れていってくれたのだ。

第一志望だった東京学芸大学に落ちて、金沢《かなざわ》美術工芸大学の受験結果も怪しくて、日高先生に八つ当たりした日は、居酒屋に連れていってくれた。自分は、お酒なんか、飲めないくせに。

何とか美大に入ったものの、すっかり怠《なま》け者になって呆然《ぼうぜん》自失《じしつ》した私を、また絵が描けるようにしてくれたのも、日高先生だった。

宮崎のあの絵画教室に帰ってからは、毎日のように一緒にいた。

――漫画の序盤は何とか描けたのに、深い後悔と一緒に胸の奥にしまい込んでいた日高先生との思い出が、どんどん蘇《よみがえ》るうちに……、私のペンは止まっていた。

……描けない。

どうしても、描けなかった。

日高先生が登場する場面になると、ペンが動いてくれなくなるのだ。

さざ波の音だけが、私を包んでいた。

すると――……。

ふいに、声が聞こえた。

聞き慣れた、耳に馴染《なじ》んだ、あの……声が。

「──どうした？　忘れたか、俺の顔」

気がつけば、私の目の前には、あの美しい海が広がっていて……白い浜辺に、日高先生がいた。出会ったあの頃のように、竹刀《しない》を持って、険しくも力強い表情を浮かべて、座っている。

いつの間にか、頰《ほお》を、涙が滑り落ちていった。

日高先生に、弱い泣き言を吐き出した。

「先生、私、描けん……。先生のこと、漫画に描けっつったって……」

「……」

「……辛いよ……」

「……」

「だって先生、死んじゃったんだもん……」

まだ……、心のどこかでは、信じきれていないのに。

するると、日高先生は苦笑して言った。

だからお前はバカなんだ、という顔で。

「ややこしいこと考えんな」

「……」

「俺とかあのボロ教室とか、このへんの風景描けばいいっちゃが。お前のその目が見たもんを、そのまま描け」

「そのまま……？」

「時間が経《た》っても、ずっと遺《のこ》っとるもんがあるやろ」

あぁ、そのことは、日高先生が、最初に教えてくれた言葉だった。

浜辺を見渡せば、確かに、魚や鳥の骨や、骨貝《ほねがい》の貝殻《かいがら》が見えた。

時間が経っても、遺るものは、ある。

そして、それは……、美しい。

私は、黙ったまま、日高先生にただ頷《うなず》いた。

「――描け、林《はやし》」

それは、ずっと、ずっと聞きたかった、日高先生が私にいつも伝えてくれていた、たった一つの言葉だった。

私は、再び日高先生の姿をスケッチブックに描き始めた。

「私……、バカだったよね」

「おう、バカやったなぁ」

日高先生が、笑っている。

あの頃を思い出しながら、私は語った。

「幼稚で生意気で自分勝手で……薄情で……ずるくて嘘《うそ》つきで……。思い出しても腹立ってくるわ……」

私の言葉を、日高先生は、ただ黙って聞いてくれていた。

「……」

「先生とは、大違いや……」

「……」

「先生は怖くて厳しかったし、強引で頑固やし、すぐ怒鳴るし……。竹刀も飛んできて、めちゃくちゃやったけど」

また日高先生が笑う。

私は、一度も日高先生に言わなかった、言えなかった、言うことができなかったことを、やっと伝えた。

「……でも、まっすぐやった」

「……」

「先生は、誰よりもきれいな心の持ち主やった」

「……なんや今更」

「いっつも漫画描いてて、先生の声聞こえてくるんよ」

それは、日高先生を描いている時だけじゃなかった。

聞こえなくなってしまったような気がしていた時も、きっと、頭のどこかでずっと、日高先生の声は、響き続けていた。

「ずーっと、助けてもらっとったっちゃわ」

私が言うと、日高先生が照れくさそうに首を振った。

「やめっ！　お前急に気持ち悪いわ！」

二人で笑い合って、それから、私は日高先生をじっと見つめた。

「先生」

「……なんや」

「結局、漫画も絵と一緒やった」

「……漫画もしんどいやろ……」

「しんどいよ。すっごく……。でも……、楽しい」

「……そうか」

「それに……、先生に鍛えてもらったし」

「おぉ〜。ええこと言うやないか」

「本当よ。本当に、役立っとるんよ」

「そうか……。そうか……」

満足したように数度頷き、微笑《ほほえ》んでから、日高先生は立ち上がった。

「なら、もう心配いらんな」

「え……、先生、待って」

焦って私も立ち上がって、日高先生を見つめた。

日高先生は、首を振って言った。

「バカ。俺やって、ずっとはいられんわ」

「行かんでよ」

「お前、もう大丈夫や、林」

日高先生は、どんどん歩いていってしまう。

「先生っ……、やだっ……。先生、行かんでよ!!」

私が泣きながら叫ぶと、日高先生は微笑んだまま振り返った。

「林!!」

「！」

日高先生のあの鋭い声で名前を呼ばれ、私はビクッとして立ちすくんだ。

追いかけようとするのをやめた私を満足げに見て、日高先生は、ただ一言叫んだ。

「描け―――っ!!」

……涙が、涙が止まらなかった。

次々溢《あふ》れて、止まらなくなって……、そこで、私は目を覚ました。

＊＊＊

日高先生が、いる。

そこに、いる。

私が描いている限り、きっと、見てくれている。

だって……、声が、聞こえるから。

「……」

涙を流れるままにして、私はただ、一心不乱にペンを動かした。

その古い家は、森を抜けた海のすぐ側《そば》に建っていました。

モノローグから始まる漫画は、日高先生と私のことを描いた漫画は、それからどんどん、形作られていった。

タブレットの中に、宮崎の美しい光景が、あの頃の日々が、日高先生の姿が、生き生きと蘇っていく。

——先生。私、頑張るよ。これからもずっと。描くしかないじゃん。描く人はみんな、そのために生まれてきたんだから。

漫画の中の日高先生が、私を見つめている。

「……」

漫画をどんどん描いて、どこまでも進んで、涙が零れ落ちてもただひたすら進んで、私は窓の外を見た。

……先生……。

東京の抜けるような青空を見つめて、私は日高先生に呼びかけた。

天国まで聞こえてる？　先生の声が私に聞こえるんだから、きっと私の声も、先生に聞こえてるよね？

青空に向けて、私は言った。

ねえ、先生——……。

ペンがひたすら、描いていく。

——私の先生。

※この作品はフィクションです。実在の人物・団体・事件などにはいっさい関係ありません。

集英社オレンジ文庫をお買い上げいただき、ありがとうございます。
ご意見・ご感想をお待ちしております。

● あて先
〒101-8050　東京都千代田区一ツ橋2-5-10
集英社オレンジ文庫編集部 気付
せひらあやみ先生／東村アキコ先生

映画ノベライズ
かくかくしかじか

集英社
オレンジ文庫

2025年4月30日　第1刷発行
2025年6月30日　第3刷発行

著　者　せひらあやみ
原　作　東村アキコ
脚　本　東村アキコ　伊達さん
発行者　今井孝昭
発行所　株式会社集英社
〒101-8050東京都千代田区一ツ橋2-5-10
電話【編集部】03-3230-6352
【読者係】03-3230-6080
【販売部】03-3230-6393（書店専用）
印刷所　TOPPANクロレ株式会社

ISBN 978-4-08-680620-6 C0193